寓言里的哲理

打开寓言的魔袋

徐鲁 著

少年读写课

打开寓言的魔袋

目录

1　引子

7　站在屋顶上的鸟

15　"我白天黑夜都在写啊写"

23　从"小型火器"里喷射出的"火舌"

29　寓言女神对莱辛说过什么

37　一束寓言的金枝

53　中国先哲的智慧

74　山谷的回声和小溪流的歌

83　智慧的花,哲理的诗

93　在沙漠中顽强行进的骆驼

103　点燃智慧的心灯

111　小小的捕网

118　附录

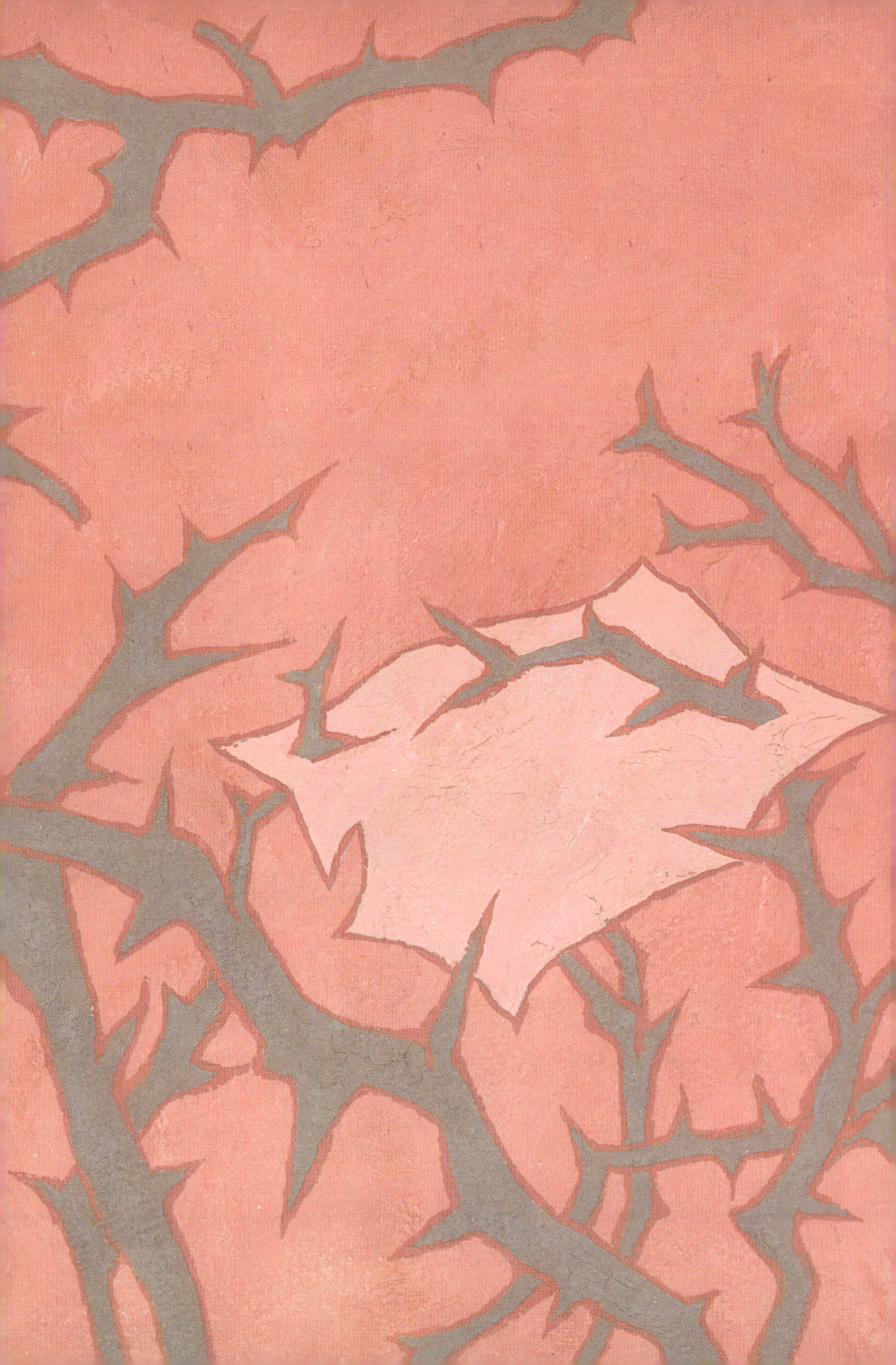

引子

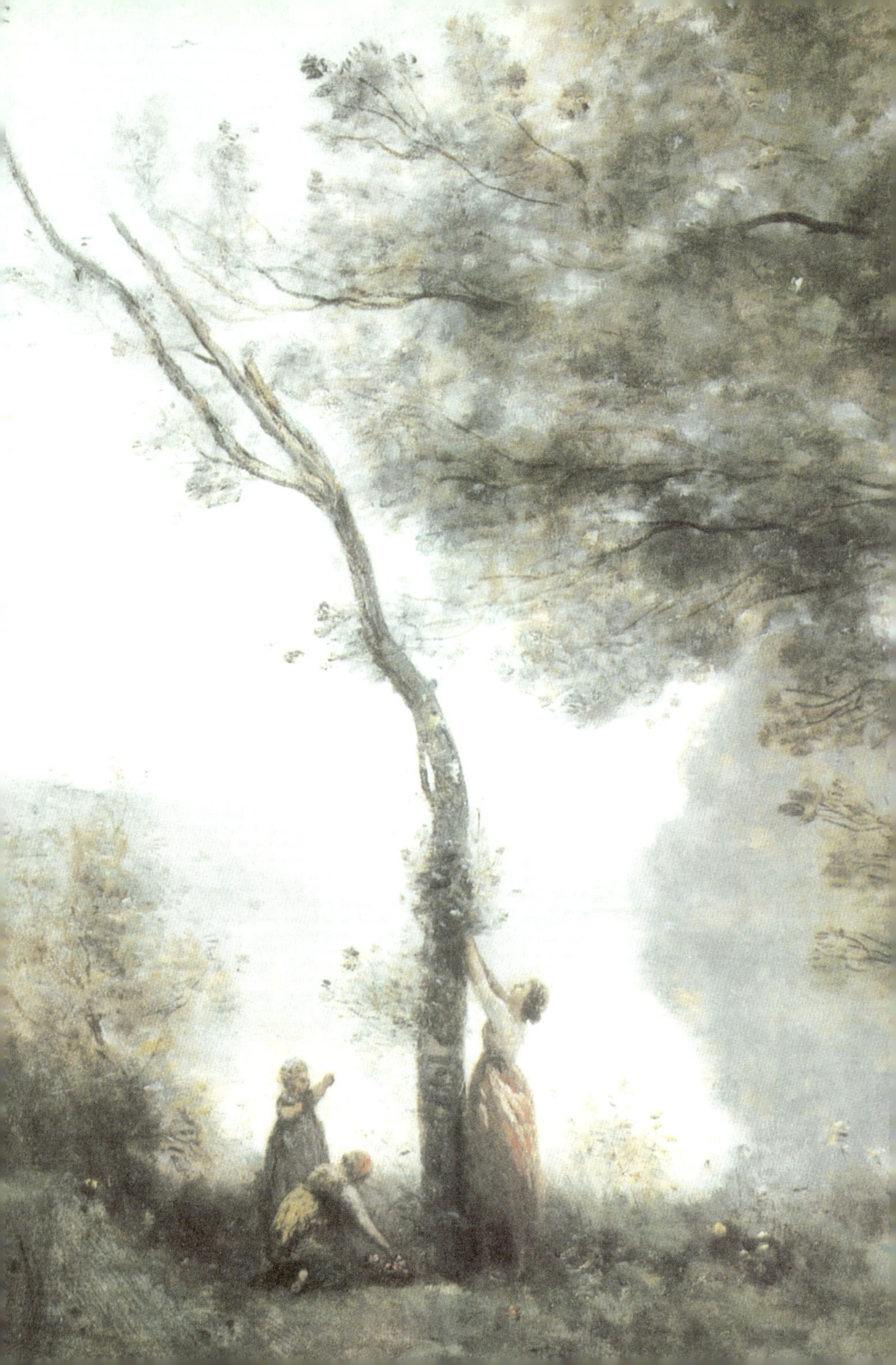

寓言是一个"魔袋"

古罗马寓言诗人费德鲁斯,在他的《伊索式寓言》的序诗中,简洁地说出了寓言的特性:"寓言会使你发笑,又给你智慧,它是明智生活的顾问。"

另一位寓言大师拉封丹,在他的寓言诗《狮子和牧人》中,为寓言艺术作过这样的解释:

> 寓言不只是像外表那样:
> 让人们从最单纯的动物那里得到教导。
> 赤裸裸的道德教训只会惹人厌烦。
> 那样的寓言和教训写得再多,也是枉然。
> 但是,仅仅"为寓言而寓言",
> 似乎也没有什么价值可言。
> 教训是必要的,但要讲得惬意,
> 聪明的作家都是依靠愉悦的力量,
> 为自己的作品插上翅膀。
> 他们无须浮华的装饰,不拖沓连篇,
> 在他们的著作里,看不到任何赘语冗言。

我国当代童话家、寓言家严文井先生，在《关于寓言的寓言》里也有过这样一些机智的比喻：

> 寓言是一个魔袋，袋子很小，却能从里面取出很多东西来，甚至能取出比袋子大得多的东西。
>
> 寓言是一把钥匙，用巧妙的比喻做成。这把钥匙可以打开心灵之门，启发智慧，让思想活跃。
>
> 寓言本来是来自普通人的言谈，几乎任何人一生中都能讲一些聪明话，有的就是寓言；有心的诗人和哲学家听见了，就用文字把它们记了下来。历史这个巨人很喜欢这些记载，就把它们珍藏起来。
>
> 以后，当普通人从书中再看见寓言的时候，忘了这是自己讲的，不禁大为惊讶，叫道："这是一些什么样的珍宝呀，这样光辉灿烂！"

寓言是我们这个世界最古老的文体之一。

从公元前3000年左右，古巴比伦苏美尔人用楔形文字记载的哀悼牧羊神坦木兹的寓言诗算起，寓言迄今已有5000年以上的历史了。

当历史的脚步抵达公元前6世纪左右，在古希腊，智慧的伊索出现了。

在印度，寓言巨著《五卷书》诞生了。

而在中国，先秦诸子灿烂的寓言杰作也横空问世，庄子、老子、孟子、韩非子、墨子等等，寓言大匠纷至沓来，极尽世界寓言文学一时之盛。

因此,文学史家把古希腊、印度和中国并称为世界三大寓言发祥地。

《寓言里的哲理》将采用读写课的形式,和小读者们一起欣赏中外著名寓言家们脍炙人口的经典寓言作品。尤其会着力阅读和欣赏对中国一代代孩子的成长产生过较大影响的四位世界寓言大师——伊索、拉封丹、莱辛、克雷洛夫的经典寓言。同时,书中也以这些寓言大师的生平经历和经典寓言作品为线索,勾勒世界寓言历史的轮廓,向读者展现一阕丰富而美妙的"智慧四重奏"。

小读者可以从书中了解一些举世闻名的寓言家所生活的历史背景、个人生平故事、精神风貌,以及他们各自的作品所达到的思想高度、智慧高度和艺术特色,还可以领略各位寓言家之间相互的精神传承与超越关系。

当然,最重要的还有,他们都有着共同的命运与信念。

寓言家们的谦虚与孤傲、慷慨与锐利,其实都源于他们内心的正义感、智慧和自信。无论把他们放在哪里,无论经历了多少个世纪,他们都总能像金子一样,如珍珠一般,放射出灼灼的光芒。

岁月的风尘掩盖不了他们的正义感与智慧的魅力。

强权、愚昧、丑恶、残暴……都无法使他们屈服。

传说,智慧的伊索被人从峭岩上推下,跌得粉身碎骨,但是他为寓言留下的精魂却是不死的。他的身躯已化为泥尘,但他的美名纯洁而辉煌。

即使在今天，伊索所代表的寓言精神，仍然如奥林匹斯山上的圣火一样，永不熄灭地燃烧着，并且以它不朽的光辉照耀着人间天地。

寓言是人类所度过的漫漫长夜里的星光。

寓言是天空中严正的霹雳，是人类思想和智慧的花朵。寓言永远是正义、真理、智慧、善良、美好的化身。

伟大的寓言家都是可敬的"普罗米修斯"。无论是古代西方的伊索、拉封丹，还是智慧的莱辛、克雷洛夫。当然，还有古老东方的庄子、孟子、老子、墨子、韩非子、纪伯伦……

中外经典寓言作品，涉及了人性中的种种美德和弱点，如虚荣心、撒谎吹牛、勤劳与懒惰、谦逊与骄傲、友谊与自私、无知、毅力等等。还有一些作品，出自不同年代，甚至是不同寓言家对同一个寓言母题的不同演绎和翻新，例如《农夫和蛇》《乌鸦和狐狸》等。

相信这些像金子般闪光的充满智慧的寓言，不仅会对少年儿童的成长起到有意义的教育和启迪作用，也可以使读者了解到，生活在不同世纪、不同年代，来自不同国家与民族的寓言大师，都曾经以正义、真理和智慧的名义，以"相互致敬"的传承精神来创作佳话。

现在，让我们一起进入智慧的寓言家们的世界……

站在屋顶上的鸟

一

德国寓言家莱辛,是世界四大寓言家之一。我们将用四堂课的时间,来了解莱辛的生平经历,阅读和欣赏莱辛的经典寓言作品。

1729年1月22日,莱辛出生于德国萨克森州一个名叫卡门茨的小镇。

他的父亲是当地一位有名望的牧师,学识渊博,为人善良。母亲也出身于牧师之家,是一位典型的贤妻良母。

莱辛从小就生活在虔诚与敏学的气氛之中。父母亲希望儿子将来能成为一名出色的牧师或神学博士,所以他们严格而认真地规划着莱辛的学业和成长之路。

幼年的莱辛先是在卡门茨的文法学校学习拉丁文,12岁时进入迈森最著名的贵族学校——圣·阿夫拉公爵学校开始严格的希腊文、拉丁文、英文和法文,以及宗教、哲学、数学等方面的训练。

这所学校以培养专门的教会人才和拉丁学者著称。莱辛在这里很快显示出了自己殊异的学习天赋,并且渐渐感到,学校的课程无法满足他求知的欲望了。

1746年6月,经父亲同意,莱辛从圣·阿夫拉公爵学校提前毕业。

* 德国戏剧家、美学家、寓言家莱辛
（1729—1781）

离校前，校长对他有过这样的评价："他是一匹需要双份草料的马。别人觉得非常繁难的功课，对他来说却像空气一样轻松。我们实在不能再教给他什么了。"

这年9月，18岁的莱辛获得莱比锡大学奖学金。9月20日，他正式到该校报到，研读神学。

仅仅一个月之后，他的老师就对他作出了如下评语："本人愿意十分负责地证明，莱辛先生的勤奋和进步都是最优异的。在本人指导下，他对哲学问题表达清楚、准确、精深。他的学习成绩将是十分杰出的。"

这个时期的莱比锡可谓全德国思想、文化和经济生活的中心，弥漫在这座开放的城市里自由的科学思想和活跃的启蒙气息，对莱辛这位来自萨克森州的少年才子来说，有一种无法抗拒和抵挡

* 莱辛住过的小屋

的诱惑。

入学不久,莱辛对于神学的兴趣就被诸如化学、植物学、考古学、语言学乃至医学等学科冲淡了。

他给母亲写信说:"我坐在书本前,只感到自己的存在,很少想到别的。请允许我的坦白……我唯一的快慰是勤奋……我逐渐认识到,书籍固然可以给我以知识,使我成为学者,但不能把我培养成一个人……有一段时间我把书本扔在一边,为了去结识更有用的事物和思考更有意义的事情。"

在莱比锡大学,他结识了学术界许多的知名人物,有古典文学家、神学批判家、哲学家、数学家、天文学家等。

其中,集自然科学家、作家、翻译家和诗学批评家于一身的克斯特纳对莱辛当时以及后来的影响最大。

克斯特纳读了莱辛最早的几个剧本，很是欣赏，就把莱辛介绍给了当时德国最著名的诺伊贝尔剧社。

剧社的创办人是演员出身的戏剧家诺伊贝尔夫人，她把这个剧社作为改革德国戏剧的场地，在这里上演了许多深受市民欢迎的喜剧。

这些戏剧也深深地吸引了莱辛，使他渐渐把剧社当成了自己的另一所学校。

"宁愿啃一块干面包，也不愿放弃一次观看演出的机会。"

诺伊贝尔剧社的演出，莱辛几乎每场必看。他的第一部喜剧《青年学者》也在这个剧社上演，而且获得了相当大的成功。

莱辛在莱比锡的生活情形传到了卡门茨。他的父母亲认为这是一种堕落，便编造了一个母亲病重的谎言，让他回卡门茨住了几个月。

后来，他虽然又得到父亲的同意回到莱比锡改修医学，但他真正的兴趣已转向戏剧。

1748年，诺伊贝尔剧社因为经济拮据而被迫解散，在此之后，莱比锡似乎再也没有什么东西能吸引莱辛了。他的大学生活也随着剧社的解散而宣告"剧终"。

与诺伊贝尔剧社的交往，使莱辛渐渐脱离了日后成为一名牧师或神学家的轨道，而走上了最终成为德国不朽的戏剧家、美学家和哲学家的道路。

二

现在,我们先来阅读和欣赏几则莱辛经典寓言:

猴子和狐狸

"告诉我,有哪一个动物灵巧得我不能模仿?"

猴子这样对狐狸夸口。

可是狐狸回答说:"你告诉我,有哪一个动物下贱得想去模仿你。"

我的民族作家!——还要我更清楚地解释吗?

莱辛等思想家们所领导的德国启蒙运动,是从建立和振兴一种健康、健全和独立的民族文学入手的。

因此,他的许多寓言作品直接讽刺和批评了德国文艺界存在的种种不良现象,如简单的模仿,缺乏创造性,好高骛远,孤芳自赏,脱离大众,等等。

这则寓言讽刺了那些沾沾自喜于能够灵巧地模仿他人的创作者。

*《莱辛寓言》中文译本,二十一世纪出版社2009年出版,戈特霍尔德·埃夫莱姆·莱辛原著,杨武能编译。

马和公牛

一个冒失的男孩骄傲地骑在一匹烈马上跑了过来。一头粗野的公牛向马喊道:"真可耻!我是不会让一个孩子驾驭的!"

"可是我,"马回答说,"把一个孩子甩下去,又能给我带来什么光荣呢?"

莱辛是一位人道主义哲学的倡导者和实践者。他认为,人类世界真正的宗教应该是爱与宽容。

他在自己的系列寓言《一只老狼的故事》里,就宣扬了他的这种宽容哲学,认为狼之所以作恶多端、嗜血成性,或许还由于环境的一再逼迫。

"把这个老强盗逼上了绝路,剥夺了它改过自新的机会。"本篇也宣扬了他宽容的道德观念。

鹅

一只鹅的羽毛洁白得令新雪感到羞愧。它为大自然赋予它的这种得天独厚的恩赐骄矜异常,宁愿把自己看作是一只天鹅,而不相信自己原来的出身。它离开自己的同类,孤独而庄重地在池塘里游来游去。一会儿它伸长它的脖子,用尽力气去补救这不争气的短处;一会儿它又设法使自己的脖子弯成一个漂亮的曲度,天鹅都具有这种不愧为阿波罗的鸟的高贵的外观。但毫无用处,它的脖子过于僵硬了。它费了九牛二虎之力,也没有变成一只天鹅,依然还是一只可笑的鹅。

狂妄自大有时根本就是出于愚昧无知,也有可能是一种可笑的虚荣心的驱使。这种现象不仅存在于一般的市侩阶层,也是整个人类繁衍过程中不绝的精神缺陷。

这则寓言虽然是莱辛针对当时德国可笑的市侩阶层喷射出的一记"火舌",但也同样适用于今天的某一些人。

阅读书目推荐

《莱辛寓言》,〔德国〕戈特霍尔德·埃夫莱姆·莱辛原著,杨武能编译,二十一世纪出版社

「我白天黑夜都在写啊写」

一

1748年11月，莱辛来到柏林，开始了他的戏剧家与美学家的生涯。他的父母以他"不务正业"为由终止了对他的经济资助，这使得莱辛从此成为德国文学史上第一个依靠写作维持生活的职业作家。

随后，他创办和编辑过戏剧评论杂志，写作和发表了大量的文学评论、寓言和剧本，编辑、出版了自己的包括诗体寓言在内的六卷本《文集》（1753—1755），翻译了《狄德罗先生的戏剧》等外国作品，还给一位普鲁士将军当过秘书。

1759年，他又出版了自己的散文体寓言和寓言论文《寓言三卷·附录关于此类文体的几篇论文》。

他不知疲倦地工作着。1766年，他完成了那部著名的美学著作《拉奥孔》（或称《论画与诗的界限》）。

1767年，他受聘担任汉堡民族剧院艺术顾问，并创办了一份专门评论上演剧目和表演艺术的小报。

他为全年的52场演出撰写了104篇评论，这就是后来结集出版的、到今天已经成为欧洲戏剧批评经典名著的《汉堡剧评》。

颠沛流离的日子让莱辛真正尝到了生活的辛苦。

*美学著作《汉堡剧评》中文译本,上海译文出版社1998年出版,莱辛著,张黎译。

"我白天黑夜都在写啊写!"

他自嘲地说,长期以来他就像一只"站在屋顶上的鸟",刚刚准备栖息一会儿,便又听到了什么召唤他往前方飞翔的声音。

从1770年4月开始,莱辛到一家名为沃尔夫比特尔的古老图书馆任管理员,直到生命的最后一天。

这是他的思想和美学体系臻于完善和成熟的一个时期。

他的许多关于宗教、哲学文献和论战的文字,都写于这个时期。

莱辛在晚年创作了哲学意味十分浓厚的诗剧《智者纳旦》。

在剧中,莱辛借一个人物之口说:

> 一个人,比如你,不会停留在

※ 莱辛画像

> 诞生之偶然将他抛向的地方：
> 即或他停留，也是缘于
> 认识、根据、更好的选择。

莱辛的一生，也正是不断地选择、认识、肯定、否定、否定之否定……直到最终"确定这些根据的选择，我好使之成为我的选择"的一生。

他身上充分地体现着德意志民族非凡的智者素质、理性精神，以及不停地寻求个人内心世界与外部世界相通之处的诗性生存方式。

然而，过度的劳作也严重地损害了他的身体。1781年2月15日，他因为脑出血而离开了人世。

弥留之际,他的朋友们念书给他听。他躺在朋友的怀抱里,恬静地、缓缓地阖上了双眼……

二

莱辛是不朽的。而我所能够发现和理解的,其实只是莱辛精神世界的冰山一角。好吧,下面让我们继续来欣赏莱辛的经典寓言:

和驴在一起的狮子

一头伊索的狮子带着一头驴到森林里去,这头驴用它可怖的声音来帮助狮子猎捕食物。一只鲁莽的乌鸦从树上向狮子喊道:"好一对漂亮的伙伴!和一头驴在一起走,难道你不感到羞耻?"——"我需要谁,我就会给它这种光荣。"狮子回答说。

大人物要把一个小人物引进他们的圈子里时,他们都是这样想的。

和这则寓言一起形成"姊妹篇"的，还有一则《和狮子在一起的驴》。还是这头伊索的狮子和一头驴到森林里去，狮子用驴子的声音来充当自己行猎时的号角。

另一头驴见了它们，就向同类问好：

"你好，我的兄弟！"

不料，跟随着狮子的那头驴竟不屑一顾地说了句：

"不知羞耻的家伙！"

那头驴子于是想道：

"为什么会是这样？难道你同狮子在一起走，就因此比我优越，比一头驴强吗？"

这两则寓言是分别献给"大人物"和"小人物"的。

"大人物"离不开"小人物"抬轿子，吹喇叭，实际上是外强中干、自以为是，被蒙在鼓里；"小人物"则狐假虎威、少廉寡耻，根本就忘了自己姓什么叫什么。

无论是这样的"大人物"还是这样的"小人物"，只要他们存在，都只能是人类社会的不幸和耻辱。

在这里，伟大的寓言家莱辛替我们剥下了他们厚颜无耻的画皮。

乌 鸦

狐狸看到乌鸦在抢夺神坛上的祭品，并用这些养活自己。于是它思忖：我想弄清楚，乌鸦因为它是一只能预言的鸟，才在祭品里分得一份呢，还是因为它厚颜无耻地和神分享祭品，人们才把它看作是能预言的鸟？

不仅在莱辛所生活的时代，就是在我们今天的生活中，仍然存在着这样一些来历不明、身份暧昧的"乌鸦"。

问题是，敢于对此有所质疑，敢于提出自己假设的人，总是很少很少。

可以设想一下，一个社会里，如果人人都躺在无人怀疑的教条温床上睡大觉，而不去对假设质疑，不去向前发起挑战，最终不去追求真理和正义，那么，这个社会只会有一个结果，那就是，信仰从此变成教条，智慧从此陷入贫瘠，思维从此陷入僵化，想象从此变得呆滞。

不要责怪这篇寓言中的狐狸是无事生非、多此一举吧。它敢于提出这个恼人的问题，恰恰证明了，这是一只"思想狐"，一位哲学家。它难道不是莱辛先生自己的化身吗？

歌德曾经这样表达自己对莱辛的敬仰："假如上天把真理直接交给莱辛，莱辛肯定会一口谢绝这份礼物，宁愿自己费力去把它找到。"

莱辛告诉我们：要寻找任何真理，都必须先从提出质疑开始。

荆　棘

杨柳问荆棘："你要告诉我，为什么你对过路人的衣服那样贪婪呢？你要它们有什么用？它们对你有什么益？"

"什么用处也没有！"荆棘说，"我也不想夺掉他们的衣服，我只是要把它撕破而已。"

生活中有些人的行为的确是很令人费解的。例如，有的人喜欢把啄木鸟放进黄莺鸟笼里，有的人喜欢把花猫塞进鸡舍，还有的人索性抓一条毒蛇放进善良人的被窝……

这篇寓言中的荆棘，就可归于这类人当中。

他们根本就喜欢混乱和灾难性的生活，以毁灭和破坏他人安宁、和谐的生活秩序为乐趣，天生有一种破坏欲和残忍性。

在揭露当时德国现实生活的丑恶现象方面，莱辛的这篇寓言显然是颇具"战斗性"的。

阅读书目推荐

《莱辛寓言》，〔德国〕莱辛著，高中甫译，人民文学出版社

从『小型火器』里喷射出的『火舌』

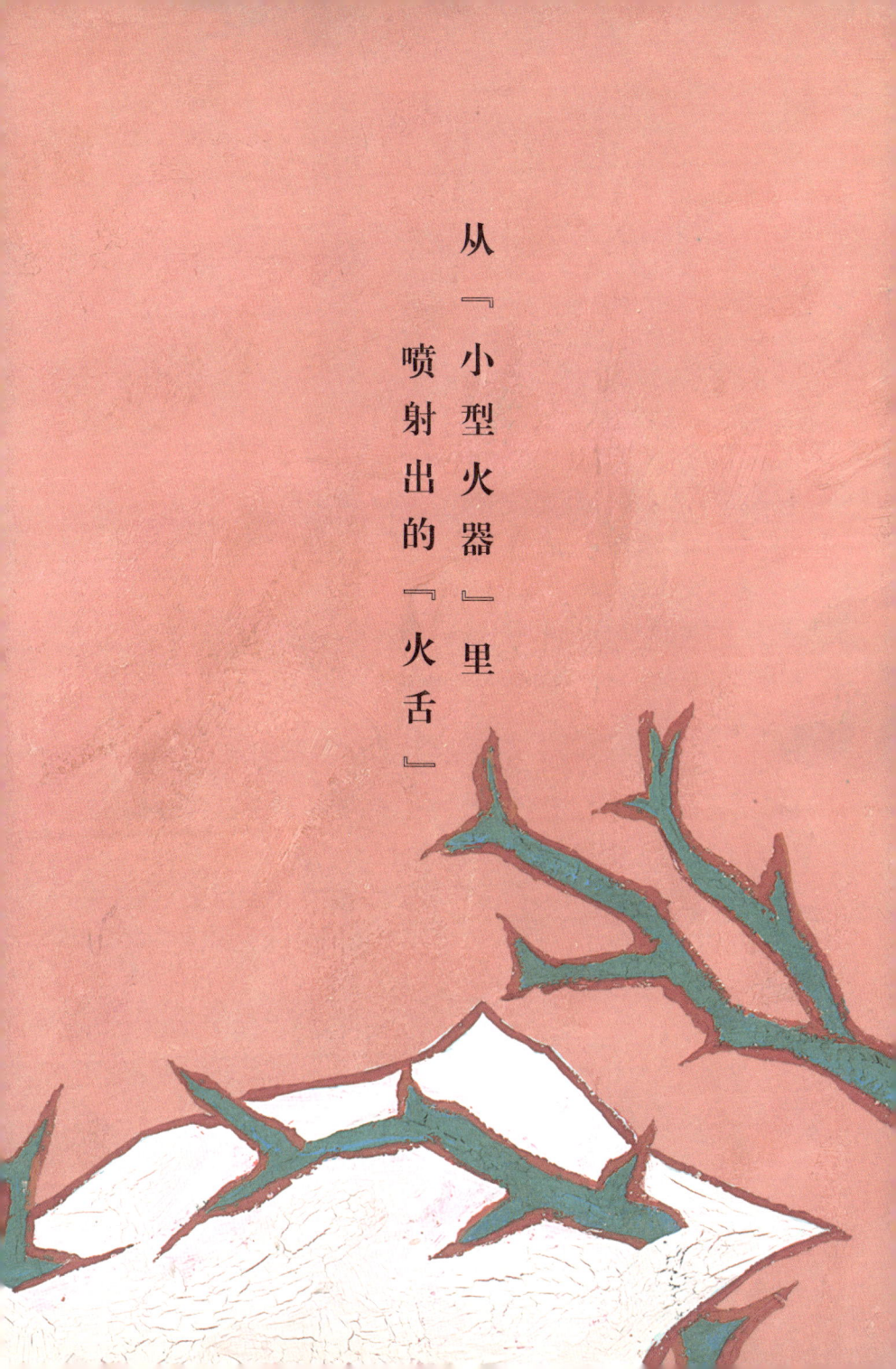

一

莱辛是一位富有时代感和使命感的寓言作家。他的寓言蕴含着丰富的时代特征、政治意义和深刻的社会内容。

这与他所处的时代背景是分不开的。

莱辛所生活的18世纪，正是席卷整个欧洲的启蒙运动发生和完成的时期。这是一场由资产阶级领导的，以反对封建专制，反对教会，普及文化，倡导民主、自由、平等为使命的伟大的思想解放运动。

这场运动不仅传承和续延了欧洲文艺复兴的薪火，更重要的是，为随之而爆发的资产阶级大革命筚路蓝缕，奠定了牢固的思想基础，营造了充分的舆论与话语空间。

欧洲启蒙运动的中心在法兰西。因为当时法国经济比较发达，新生的资产阶级势力正处在上升期，人们的思想、个性都相当活跃，因此与封建专制制度和教会僧侣的矛盾也特别突出。

在这样的情势下，法国启蒙运动正可谓一呼百应，水到渠成。

但是德国却并非这样。当时的德国各方面都落后于法国，经济上发展迟缓，政治上一盘散沙，资产阶级的力量极其薄弱。

恩格斯曾对当时的德国状况作过这样的描述："……一切都滥

*莱辛油画像

透了,动摇了,眼看就要坍塌了,简直没有一丝好转的希望,因为这个民族连清除已经死亡了的制度的腐朽尸骸的力量都没有。"(《马克思恩格斯全集》中文版第二卷之《德国状况》)

因此,德国的启蒙者们面临的任务就更加繁难和艰巨。

他们没有办法像法国的启蒙者那样,直接在政治上有所作为,而是充分考量了德国的实际状况,采取了从建立一种独立和统一的德意志民族文化入手的策略,以文化来唤醒民族意识,启发人民挣脱封建专制制度和教会制度对精神的束缚。他们为此付出了艰苦卓绝的毕生努力。

领导着德国启蒙运动的这些不朽的思想巨人,包括莱辛、赫尔德、歌德、席勒等。

衰颓的历史中常诞生文学的巨人。他们的作品犹如时代的缩影,深刻触及腐朽的本质,往往带有批判和反思色彩。

作为戏剧家、美学家、寓言家的莱辛，是其中战斗得最勇毅，取得的成就最大，因此对当时和后世所产生的影响也最为深远的一位。

二

由于前面所说的原因，莱辛的寓言便具有了这样一些特点：

一是对当时德国社会现实生活中的种种丑恶现象予以彻底的揭露、讽刺和批判，从而启发人民认清封建专制制度和教会制度对人性和自由带来束缚与扼杀的本质。

例如《水蛇》《仙女的礼物》《驴和狼》《绵羊》等篇，揭露了强权者暴虐、伪善和贪婪的本质。

《黄蜂》《鹅》《荆棘》等篇，对盲目的民族自大心理、狂妄的市侩哲学、弱肉强食的生存之道，予以了辛辣的讽刺和鞭挞。

二是对人生哲理和公共道德价值判断予以发现、揭示和张扬，借以引导人们建立一种合乎人道的、平等的、完善的人格范式和道德秩序。这也是当时正处在上升时期的德国资产阶级的一种进

*《莱辛寓言》中的《猴子和狐狸》插图（张守义绘）

步的社会理想。

例如《夜莺和孔雀》《鹰》《马和公牛》等篇，就分别反映了作者的一种平等的交友观念、思想开放的民众教育观念、宽容的人生哲学观念。

三是对人性中的种种弱点，尤其对德国文化中的种种不良因素和落后现象的讽刺与批评。

如《猴子和狐狸》讽刺了德国作家缺少创造力和精神上的懒惰。《夜莺和云雀》批评了德国作家的孤芳自赏与脱离民众。《鼠》讽刺了一些人的自以为是和鼠目寸光。

莱辛作为德国启蒙运动的领袖人物，他在这场伟大的战斗中

寓言里的哲理｜打开寓言的魔袋

所使用的"重武器",当然是他的戏剧作品、剧评、哲学和美学论文,以及所向披靡的各种论战文字。

席勒在写给歌德的一封信中就这样评价过莱辛的《汉堡剧评》:"毫无疑问,在他那个时代的所有德国人当中,莱辛对于艺术的论述,是最清楚、最尖锐,同时也是最灵活的。最本质的东西,他看得也最准确。"

相比之下,寓言,就是莱辛在这场战斗中所使用的"轻武器"了。

用批评家弗朗茨·梅林的话说,莱辛的寓言是一种从"小型火器"里喷射出的连续不断的"火舌"。

阅读书目推荐

《莱辛寓言》,〔德国〕莱辛著,安雅译,中国少年儿童出版社

寓言女神对莱辛说过什么

一

　　莱辛不像伊索、拉封丹那样，毕生专门从事寓言写作。寓言在莱辛的整个文学活动中，分量并不很重。

　　莱辛对于人类思想和文化的贡献，主要体现在他的戏剧作品、美学、哲学论著等方面。但是，作为人类的文学遗产之一，莱辛寓言有着自己独特的价值和魅力。

　　莱辛最初是用韵文创作寓言，写过15篇诗体寓言，收在他1753年出版的《文集》第一卷里，题名为《故事》。

　　后来，他改用散文体创作寓言，1759年出版了散文体寓言和寓言论文《寓言三卷·附录关于此类文体的几篇论文》。两种寓言作品合计105篇，是莱辛一生寓言创作的全部。

　　对于寓言，莱辛有自己的理论主张。

　　作为"附录"发表在他的《寓言三卷》里的五篇寓言理论文章，在世界寓言文学研究中具有很高的地位，曾被后来的学者誉为自亚里士多德时代以来，人们对寓言这种文学形式所作出的最简洁明晰和最富有哲学意味的理论文献。

对寓言感兴趣的读者可以去查阅这些文章，让大师心中的"寓言"成为浇灌你理论知识的养料。

这五篇文章分别是：《论寓言的本质》《论寓言中采用动物》《论寓言的分

类》《论寓言的写作》《论寓言在学校中的特殊功用》。

在《论寓言的本质》中,莱辛给"寓言"所下的定义是:

"要是我们把一句普通的道德格言引回到一件特殊的事件上,同时把真实性赋予这个特殊事件,用这个事件写一个故事,在这个故事里大家可以形象地认识出这个普通的道德格言,那么,这个虚构的故事便是一则寓言。"

莱辛理想中的寓言楷模是准确、简洁的《伊索寓言》,因此他对拉封丹式的华丽的宣叙与铺陈不以为然。

他的散文体寓言第一卷的开篇之作《幻象》,就是借用一个寓言的形式,表明了他的心曲。

他说,有一天,他躺在一个不大湍急的瀑布旁边,努力想给自己的一篇童话添加小巧的诗意的装饰——因为拉封丹最喜欢这样打扮寓言,他用这种方式几乎把寓言"娇惯坏了"。

可是,他冥思苦想,斟酌推敲,最终却毫无所获。

这时候,寓言女神出现在他面前了。

女神微笑着说道:"学生,干吗要这样吃力不讨好呢?真理需要寓言的优美,可寓言何必要这种和谐的优美呢?你这是往香料上涂香料。它只要是诗人的发现就够了。一位不矫揉造作的作家,他讲的故事应该和一位智者的思想一样才对。"

话一说完,寓言女神就消失了。

莱辛说,这当然仅仅是一个寓言而已,实际上从来没有什么寓言女神在他面前出现过。但他却坚信:

"我不是第一个,也不会是最后一个,把自己的奇思妙想写成一个神圣幻象的神谕。"

* 德国纪念币上的莱辛头像

  举出这则寓言,并非要对莱辛和拉封丹作出什么高下之分,而只是为了说明,莱辛和拉封丹同为寓言大师,他们的精神源头都是伊索。

  但是,他们二人关于寓言的风格和主张,却是互有侧重,各具千秋的。

  与拉封丹寓言所特别追求的繁密的细节、华丽的诗意相比较,莱辛寓言更注重故事的简练和智者的思想与发现。

  拉封丹是一位渴望与大自然共舞的抒情诗人,莱辛则是一位肩负着启蒙的使命而悲悯人间的思想者和学者。

  莱辛的某些寓言题材虽然也是借用了《伊索寓言》,但他并不是简单地改写和复述,而是结合德国社会的现实予以翻新和改造。

  他从寓言的精神上继承和把握了伊索,在题材和意蕴上,清晰地展现出一种德意志民族风格。因此,有的学者认为,德国自从有了莱辛，才算有了真正属于自己民族的寓言。

二

接下来，我们再来欣赏几则莱辛的寓言，借以证实莱辛寓言的理性和深刻性。

夜莺和云雀

有些诗人是那样喜欢高高地翱翔在他们大部分读者的理解力之上，对于他们我们该说些什么呢？没什么好说的，只有夜莺一次对云雀说过的那句话："安静吧，朋友，你飞得那么高，不就是为了不让人听到你的歌唱吗？"

这则寓言和前面的那篇《猴子和狐狸》一样，仍然在讽刺当时德国文坛的一些恶习。

好高骛远、脱离大众而导致曲高和寡的诗人，不单存在于莱辛时代，就是今天也仍然未能绝迹。由这则短小的寓言，我们也

*《莱辛寓言》插图（张守义绘）

可领略到莱辛寓言简洁明快、灵活自如和潇洒俏皮的艺术风采。

仙女的礼物

两位慈祥的仙女来到一位幼小的王子的摇篮旁，这位王子将来就是他的国家的最高统治者。

一位仙女说："我把鹰的锐利目光送给我这个宠儿，他有了这双眼睛，在他辽阔的国土上连最小的蚊虫也逃躲不掉。"

"这个礼物好极了，"第二位仙女打断她的话说，"王子要成为一位卓有见识的国王。鹰不仅要有能观察最渺小的蚊虫的那种锐利目光，它还应当有一种不屑于追捕蚊虫的高尚的轻蔑。让王子从我这里得到这份礼物吧。"

"姊姊,我感谢你这个聪明的限定,"第一个仙女说,"这是真的;许多国王要是有敏锐的理智,少屈尊去管一些最琐细的事情,他们本来会成为更伟大的国王的。"

这显然也是一篇富有"战斗性"和现实感的政治寓言。寓言中的国王,怎能不使人联想到德国封建专制统治的暴虐与昏庸呢?

德国作家托马斯·曼曾这样评价莱辛的寓言:"他锥刺愚蠢,仇视欺诈,鞭挞奴性和精神上的懒惰,并极其敬重地维护了思想上的自由。"真是一点也不虚妄。

鼠

一只富有哲理感的老鼠赞美仁慈的大自然,说大自然给鼠类造就了有利于延续它们种族的良好条件。它说:"我们中间的半数从大自然那里得到了翅膀,即便我们在地面上全都被猫扑灭了,大自然仍能轻而易举地从蝙蝠里再造出我们这支被灭绝了的种类来。"

这只善良的老鼠不知道,还有带翅膀的猫呢。我们的骄傲多半是基于我们的无知!

这则寓言的意思难道还需要更清楚的解释吗?

鹰

有人问鹰:"你为什么到高空去教育你的孩子?"

鹰回答说:"如果我贴着地面去教育它们,那它们长大了,哪有勇气去接近太阳呢?"

莱辛等人所领导的启蒙运动的理想之一,就是要唤醒德国人民的民族意识,让他们"在世界中、在与人的交往中学习生活",从而建立起本民族崇高的文化品格与文化尊严。

从这则寓言里,我们也不难想到他们的凌云之志。正是有了莱辛的筚路蓝缕,他后来的伙伴们——例如歌德、席勒等人的事业,才变得相对容易了。可以说,后者的思想和观念中所有健康、崇高和美的东西,都得之于莱辛对他们的启示。

阅读书目推荐

《莱辛寓言》,〔德国〕莱辛著,高中甫译,浙江少年儿童出版社

一束寓言的金枝

漫步世界寓言之林,我们随时会看到一些美丽的金枝和佳果。它们也许不是出自专门的寓言创作家之手,但是,它们都是世界寓言宝库里的珍品。在人类智慧的长河里,它们是一朵朵思想的浪花;在人类思想的海洋里,它们是一颗颗光芒璀璨的珍珠……

这一堂寓言读写课,我们就采撷一束美丽的寓言金枝,一起欣赏它们的姿态,品味它们的芬芳。

一

《外表不美,但很实用》是俄国诗人、童话家乌申斯基的一篇短小的寓言名作:

>   毛皮雪白光滑的小兔子向刺猬说:
>   "老弟,你的衣服真难看,上面尽是刺!"
>   "不错,"刺猬回答,"不过我的刺能救我免受狗和狼咬;你这张漂亮的皮能这样为你效劳吗?"
>   小兔子没有回答,只叹了口气。

这则寓言和伊索的那篇《狐狸和豹》有异曲同工之妙。伊索说的是内在的、智慧的美丽胜过华丽的外表，而这则寓言说的是：有实际作用的东西有时候外表并不很美，甚至很难看。这其实是在告诉我们：不要轻易以貌取人。

二

俄罗斯大文学家、青少年教育家米哈尔科夫，为孩子们写过不少精彩的寓言诗。我们来看这篇《苍蝇和蜜蜂》：

> 从脏水洼里飞进花丛，
> 苍蝇这懒婆娘遇到了蜜蜂——
> 小蜜蜂伸出小嘴，一点一滴
> 不停不息，采着花蜜……
> "跟着我飞吧！"——苍蝇对她喊，
> 一面转动着那双小眼，
> "我请请你吧！屋里刚喝过茶——

*《俄罗斯寓言百篇》中文译本，内蒙古人民出版社1985年出版，克雷洛夫、赫姆尼采尔等著，陈际衡、赵世英译。

吃剩的甜食在桌上留下。
台布沾果酱，盘里有蜜糖。
一切都白吃，只要把嘴张！"
"这事我可不干！"——蜜蜂对她讲。
"那你就受苦受累去吧！"——懒婆娘嗡嗡嘟囔，
随后就飞进常去的人家，
突然——落到了捕蝇纸上……
娇生惯养的小姐、少爷，
就这样逍遥虚度日月，
无所事事，还装得理直气壮，
远离生活，耽于懒散，

到头来像苍蝇——落到捕蝇纸上。

勤劳永远是人类最可敬的美德之一。工作永远是美丽的事情。然而并不是所有人都心甘情愿地像蜜蜂那样辛勤劳作,用自己的劳动创造幸福和甜蜜的生活。不少人恰恰乐于像苍蝇那样,游手好闲,坐享其成,好吃懒做。

在这篇寓言诗里,蜜蜂和苍蝇代表了两种截然不同的生活态度。不用说你也明白,哪一种生活态度更值得效法和赞美。

三

美籍黎巴嫩诗人纪伯伦,也是一位寓言家。他的散文诗名作《先知》《沙与沫》里,有许多篇都是优美的寓言。我们来看他的《红色大地》:

> 一棵树对一个人说:"我的根深入红色大地,我要把我的果实送给你。"

那个人对那棵树说道:"咱俩多么相似。我的根也深入红色大地。红色大地赋予你力量赠我以果实,红色大地教育我以感谢之忱接受你的馈赠。"

这篇《红色大地》是他献给大地母亲的赞美诗,同时也是一则广有影响的寓言。诗中,无论是慷慨无私的树还是充满感恩之情的人,都从宽厚无私的大地母亲那里接受了一种慷慨无私、甘于奉献的美德。这和谐的、充满爱心的生存关系,使我们感受到了大地的力量、大地的品格。

四

和《红色大地》一样,苏联散文家普里什文的《高高的树》,也是一篇具有抒情诗风格的优美寓言:

山在升高,山上的树也在长高;山升高一些,树也长高一些,就这样一直越来越高。这时山停止升高,树

* 苏联散文家普里什文（1873—1954）

却变得更高了。从下面看，似乎觉得，树几乎顶着天空，只差一点云就要碰到它了。

这样一来，高的所有功劳都不归它，不归山所有，而全部落到了树的头上。

在寓言中，沉默的高山仍然是大地的象征。而高高的树，是站在大地巨人肩膀上的。树的高度，其实就是大地的高度、山的高度。但愿有一天，高高的树能够清楚地认识到这个真理，而把它全部的感激和荣耀献给大地和高山母亲。

五

再来看尼加拉瓜寓言作家鲁文·达里奥的《画眉与孔雀》:

> 画眉遇到一只孔雀,
> 正在开屏展现优美的风度。
> 可它只看到孔雀粗陋的双爪,
> 惊奇地说:"多么可怕的动物!"
> 这只愚蠢的画眉鸟
> 从未看到孔雀的东方羽毛。
> 那些被称作明智的人物
> 是另一些这样的画眉鸟:
> 当他们遇到孔雀的时候,
> 也只看到它的两只爪。

我们知道,中国古代寓言里有一个盲人摸象的故事,现在,这个故事又在这只画眉鸟身上重演了。

如果说,盲人摸象是因为眼前一团漆黑,什么也看不见,自然是摸到什么算什么,那么,像画眉鸟这样有眼睛,却仍然看不到孔雀的美丽,而只看到孔雀粗陋的双爪,便断定孔雀是"可怕的动物",这只能说明,画眉鸟是"有眼无珠"的。对事物、对美只停留在片面的、局部的或浅显的认识和判断上,这是极其不可靠的,也可以说是很可笑的。这就像盲人摸象所得出的结论一样可笑。

达里奥还有一首寓言诗《诽谤》,也充满了哲理意味:

> 一滴泥
> 落在钻石上面,
> 也可以
> 将它的光芒遮暗,
> 但是,即使整块钻石
> 被污泥沾满,
> 它那高贵的身价
> 也丝毫不减,
> 它永远是块钻石,
> 即便是将它
> 浸入泥潭。

这首寓言诗告诉我们:只要是钻石、金子和珍珠,什么东西也遮蔽不了它们那美丽的光芒。污泥、尘土可能短时间内会使钻石、金子和珍珠蒙污,但丝毫折损不了钻石、金子和珍珠的价值。所有的诽谤、诋毁、嘲笑、冷落,也像污泥和尘土一样,只会使钻石、金子和珍珠的光芒更加夺目。记住吧,这是一个永恒的真理,古今中外全都一样。

六

苏联儿童文学作家列·拉什可夫斯基的《笼中虎》，虽然很短小，却写得十分幽默有趣，是一篇小小的寓言杰作：

> 有一只小老鼠来到了动物园，
> 看见笼子里的老虎笑个没完：
> "嘻嘻，瞧这只大猫，
> 也变成了老鼠笼里的囚犯！"

就像前面讲到的寓言家莱辛笔下的那只老鼠一样，这也是一只无知的小老鼠！无知的小老鼠，竟然可笑地把老虎当成了猫，把虎笼当成了鼠笼！生活中这样的例子难道还少吗？

当我们从狭小无知的认知空间走进广阔新奇的世界，当我们用浅薄有限的，甚至是陈旧过时的经验去认识陌生的事物时，不也常常会犯小老鼠那样幼稚可笑的错误吗？

七

意大利文艺复兴时期的艺术巨匠达·芬奇,不仅是一位画家、机械师、文学家,也是一位大寓言家。我们来欣赏他的寓言名作《火石与火镰》:

> 有一次,火石受到火镰强有力的撞击后,愤怒地问道:
>
> "为什么你这样向我猛扑过来?我连认识都不认识你。显然,你把我和某件东西给弄混淆了。请让我的腰身安静安静。我从未伤害过任何人。"
>
> "朋友,不要无缘无故地生气,"火镰笑容可掬地回答,"如果你能稍微有些忍耐力,那么很快就会看到,我从你的身上将会创造出什么样的奇迹来。"
>
> 听了这番话,火石平息下来,开始耐心地承受火镰的撞击。结果,火石迸发出能够创造真正奇迹的火花。就这样,火石的忍耐力得到了应有的报偿。
>
> 故事是说给那些在学习启蒙阶段知难而退的人们听的。学习上,只要孜孜不倦,坚持不懈,那么播下的知

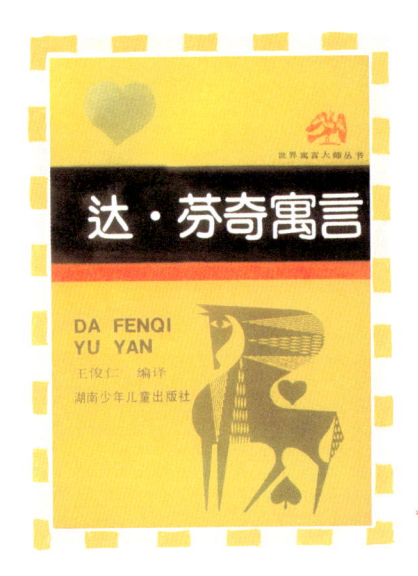

*《达·芬奇寓言》中文译本，湖南少年儿童出版社1991年出版，达·芬奇著，王俊仁编译。

*《达·芬奇寓言故事》中文译本，人民文学出版社2007年出版，达·芬奇著，张复生译。

※ 达·芬奇不仅是意大利著名的画家，同时也是一位寓言大师。他是活跃在文艺复兴时期的杰出天才。

识种子一定会长出健壮的幼苗。学问的根是苦的，而果实是甜的。

达·芬奇的寓言形象鲜明，富有雄辩力。这则寓言是他所有寓言中影响最大的篇章之一，尤其适合正处在学习知识、寻求更多智慧的年龄阶段的少年儿童阅读。其中的道理已经说得很明白了。寓言的最后一句："学问的根是苦的，而果实是甜的。"已经成为中外一代代学子们的座右铭。

八

古代波斯诗人萨迪,也是一位哲理家和寓言家。他有一个说法,非常有意思:一个人应当活到90岁以上,而在这90年的生活中,第一个30年,只应该用来获取知识;第二个30年,应该告别家园去漫游天下;最后的30年,应该用来坐下来从事写作。

萨迪的著作里有许多精彩的寓言。我们来看这则《山猫和狮子》:

> 有人问一只山猫:"为什么你要服侍狮子?"
>
> 他回答说:"我可以吃他剩下的食物,又可以借着他的威风躲过我的敌人。"那人又说:"你既受他保护,得他恩惠,为什么不更加接近他,使他对你更加器重,把你看作一个心腹呢?"他回答说:"我害怕他那喜怒无常的性情。"

这个寓言故事中,山猫是一个可怜、可悲的角色,因为害怕狮子的淫威而不敢真正地接近狮子,同时又幻想借着狮子的威风去躲避自己的敌人,所以只好屈膝在狮子面前,吃其剩下的食物,小心翼翼地服侍狮子。生活中不是也有很多像山猫这样丧失了人格，甘愿对坏蛋们俯首称臣，为坏蛋们充当喽啰和走卒的人吗？

做回你自己吧，这才是真正的人！

九

最后，再来欣赏奥地利现代小说家卡夫卡的一则小寓言：

"天哪，"老鼠说，"世界变得一天比一天狭小了。开初，它还大得令我害怕，我向前跑啊跑，当我终于看到远处一左一右有两堵墙时，我还挺高兴呢。但是，这两堵墙飞快地靠拢起来，以致我到了走投无路的地步，那边角落里有一只鼠夹子，我正要撞上呢。""那么你只要改变方向就行了。"猫说着，一下便把这只老鼠吃掉了。

卡夫卡是一位伟大的小说家。他的小说充满了寓言的象征性和哲理性。这则小寓言也像他的小说一样，隐含着他对世界的悲观认识：老鼠痛感这个世界一天比一天狭小了，幻想着逃到开阔

* 奥地利小说家卡夫卡（1883—1924）

和自由的地方去。然而它在惶恐不安中的挣扎和逃避都无济于事，最终还是落进猫的口中。卡夫卡的意思是说，在现代这个充满欲望的世界上，人正如这只老鼠一样，已经无处可逃了。这就是他对世界的悲观认识。

阅读书目推荐

《俄罗斯寓言百篇》，〔俄罗斯〕克雷洛夫、赫姆尼采尔等著，陈际衡、赵世英译，内蒙古人民出版社
《外国寓言故事精选》，侯小芹编，北京大学出版社
《达·芬奇寓言故事》，〔意大利〕达·芬奇著，张复生译，人民文学出版社
《先知·沙与沫》，〔黎巴嫩〕纪伯伦著，钱满素等译，河北教育出版社

中国先哲的智慧

一

　　寓言，是世界上最古老的文学体裁之一。如果从公元前3000年左右，古代巴比伦的苏美尔人用楔形文字书写的寓言诗算起，那么，寓言至今已有5000年以上的历史了！

　　有意思的是，在公元前6世纪前后，当智慧的伊索在古希腊诞生，世界寓言巨著《五卷书》也在印度问世的时候，古老的中国，也正处在百家争鸣的春秋战国时代。这个时候，被后人称为"诸子百家"的各种光辉灿烂的思想学说，也以一篇篇精彩的寓言形式，出现在了人们面前。

　　诸子百家包括孔子、庄子、老子、孟子、韩非子、列子、墨子、管子……可以说，这些人都是中国古代的"寓言大师"，是一代先哲。正是因为有了春秋战国时代诸子百家互相争奇斗艳而形成的百家争鸣的景象，后来的人们才把古希腊、印度和中国并称为世界三大寓言发祥地。

古老的中华文明光辉灿烂，《中国古今寓言》《论语译注》《孟子译注》《老子今注今译》《庄子选集》等古代先哲留下的经典内容入选中小学生阅读指导书目。

　　<u>中国古代先哲给我们留下的寓言故事，真是目不暇接，数不胜数</u>。这些蕴含智慧的故事，有许多直到今天仍然家喻户晓，对

我们认识历史、认识世界、认识人生、完善人生，还起着教育、励志和启迪作用。这些朴素而深刻的智慧故事和思想结晶，在今天，仍然闪烁着迷人的光芒，是治理家国、阅史处世、究理问道、知天悯人、励志修身等方面取之不竭的智慧之泉。如果要把其中最精彩的寓言故事都拿来阅读和欣赏一遍，我估计至少要写一本专门的书了。在此只选取一小部分寓言故事加以欣赏，让大家一起来认识和领略中国先哲们的寓言风采和智慧魅力。

二

《战国策》是中国古代战国时期的**纵横家**们，为了四处游说，让对方接受自己的主张，揣摩对方的心理，而写下的记述他们言行、谋略和事迹的一部书。今天看来，其中的许多故事都是很好的寓言。例如，著名的《南辕北辙》的故事：

> 有一个北方人，要到南方的楚国去。他从太行山脚下

纵横家，相当于今天的外交家。

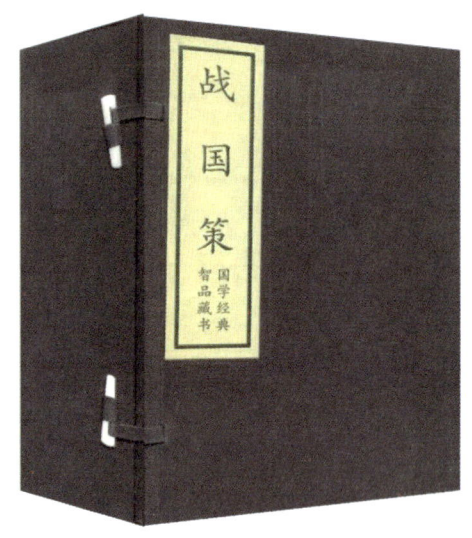

*《战国策》(线装),万卷出版公司2008年出版,〔西汉〕刘向编选。

动身,骑着马儿朝北进发,一路上对人家说:"我要到楚国去!"

有人对他说:"到楚国去,要朝南走,你为什么反而向北跑呢?"

这个北方人回答说:"不要紧,我有一匹好马,它跑得多快呀!"

"不管你的马跑得怎样快,朝北走,总是到不了楚国的。"

"不要紧,我还带着充足的旅费哩!"

"旅费多也不济事,朝北走,无论如何是到不了楚国的。"

"不要紧,我还有一个顶可靠的马夫,他赶马的本领真大啊!"

这种人的条件愈好,赶马技术愈高,只能离楚国愈远。

这篇寓言和另一则古代寓言《缘木求鱼》(出自《孟子》),所讲的道理是一样的:一个人做事,如果方向、方法不对,那么,你的条件再好,付出的努力再多,也是毫无意义的,根本不会达到目的,只会离原本的目的越来越远。

所以,做任何一件事情,先得找准根本的方向和方法,用科学的态度,而不是光凭自己优越的条件和美好的愿望去对待它。

《鹬蚌相争》的故事也出自《战国策》这本书:

> 一只大蚌慢慢爬上河滩,展开两扇甲壳,十分惬意地晒着太阳。这时候,一只鹬鸟沿河飞来,看见河蚌裸露出肥白的身体,又馋又喜,用长而尖的嘴猛地啄去。大蚌吃了一惊,"啪"地合拢甲壳,便像铁钳一样,紧紧地钳住了鹬的尖嘴巴。
>
> 鹬死死地拉着蚌肉,蚌紧紧地钳着鹬嘴,谁也不肯让谁。鹬发怒地威胁说:"今天不下雨,明天不下雨,你就会晒死在河滩上!"蚌也不甘示弱地说:"你的嘴今天拔不出,明天拔不出,你就会饿死在这里!"鹬和蚌相持不下,争得精疲力竭。这时,有个渔翁提着渔网沿河走来,看见鹬蚌相持不下,便毫不费力地把它们塞进了鱼篓里。

鹬蚌相争的结果是"渔翁得利"。这个寓言故事的含义也是很明白的:互不相让、你争我斗的结果,对于争斗的双方都没有任何好处;只有和平相处,互相尊重,才能保全自己,友好共存。与人为善,宽容待人,其实也是善待自己的一种方式。

《画蛇添足》的故事也非常有名，同样出自《战国策》：

> 楚国有一个人家，把祭祀用过的一壶酒赏给帮忙办事的人喝。人多酒少，很难分配，就有人提议说："要喝就喝个痛快，让我们来个画蛇比赛。蛇画在地上，看谁先画好，谁就一个人喝这壶酒！"大家都同意这样办。
>
> 有一个人画得最快，一转眼，蛇画好了，这壶酒便归了他。但他看见其他的人都没有画好，便想进一步显显自己的本领，于是，一手提壶，一手挥笔画起蛇脚来："看吧，我还要添几只脚哩！"
>
> 正当他大画蛇脚的时候，另一个人把蛇画好了，忙夺过他手中的酒壶，说道："蛇是没有脚的，你画的根本不是蛇，输了。我先画好，酒应归我喝！"说罢，张口便喝。画蛇脚的人只好呆望着酒被他人喝完了。

蛇本来没有脚，画完了蛇却硬要再添上几只脚，结果只能是徒留笑柄。这则寓言的道理说得很明白：有时候做一些毫无意义的事情，反而并不恰当。

《战国策》里还有一篇《狐假虎威》的故事：

> 从前有一只老虎，在森林里到处觅食时，抓到一只狐狸。狐狸在虎爪下叫道："你敢吃我？我是上天派下来管理百兽的。你吃我就是违忤天意，大逆不道！"老虎听了将信将疑。

狐狸见了忙说："你不相信？好，我带你到百兽面前走一趟，看看它们怕不怕我！"于是，狐狸神气活现地走在前面，老虎东张西望地跟在后面。林中百兽远远看见老虎来了，吓得一片惊叫，纷纷逃窜。

老虎不知道百兽其实是畏惧自己，还以为是怕狐狸，果然对狐狸佩服得五体投地。

狐狸本来并不可怕，但它借助老虎的威力来欺压百兽，使百兽慑服，这样的效果连老虎也被蒙在鼓里。这则寓言除了让我们明白，世界上有那么一些倚仗别人的势力来欺压和威吓人的家伙外，还使我们懂得，有些事物和事件，往往会被一些表面的东西遮蔽着真相，即使当事人也有可能身处虚假的现象之中，不明真情。因此需要善于去伪存真，认识事物的实质，就不会上那种"狐假虎威"式的家伙的当。

《盲人摸象》这个寓言故事，许多人从小就听说过：

从前，有一个国王命令大臣牵来一头大象，让几个盲人用手去摸，然后分别叫他们说出大象是什么模样的。摸了一阵，几个盲人争先恐后地报告。摸到大象牙齿的说大象形如长长的萝卜根。摸到象耳的说大象仿佛一只簸箕。摸到象头的说象如一块大石头。抓到象鼻子的说象不过是一根木杵。抱着象脚的嚷道大象明明是一只舂米用的石臼。摸到脊背的说它是一张床。摸到肚皮的说象是口大水缸。

"哈哈，你们都不对！"一个盲人扯着象尾巴说，"告诉你们，大象细细长长，就像一根绳子！"

这则来自佛经的寓言是中国古代寓言中流传最广、影响最为久远的名篇之一。

它的意思是说：我们认识世界，认识事物之所以会出现谬误和片面性，往往都是因为自身认知水平欠缺，没能全面、准确、深入地去了解世界，探究事物的本质，所了解的往往只是局部的、表面的，所以得出的结论往往也就是不准确的。这个故事同时也让我们认识到，要真正了解世界的真相，全面把握事物，求得最后的真理，总是有些困难的，并不像盲人摸象那样轻而易举。

三

《列子》这本书，相传是战国前期一个名叫列御寇的人写的，其中也有不少精彩的寓言故事，《愚公移山》就是其中最有名的一篇：

* 战国前期思想家列子著作《列子》，中华书局2007年出版，景中译注。

　　北山有位愚公，年已九十，立志要把阻挡门前交通的太行、王屋两座大山搬掉。智叟认为这是办不到的，劝他不要白费劲。愚公说："我的决心下定了，我死了还有儿子，儿子生孙子，孙子又生儿子，可以一代一代地搬下去。而山呢？搬掉一挑土，就少一挑土，这样下去还怕它不平吗？"

　　愚公这种干劲，感动了天帝。天帝就命令神把两座山搬走了。

　　在中国，《愚公移山》的故事是家喻户晓、妇孺尽知的。人们往往喜欢用北山愚公不怕困难、坚持不懈的移山精神，来激励青少年对待工作、事业和学习要持之以恒、永不放弃。

愚公移山的精神中，值得我们发扬的是他敢于藐视困难，敢于向困难挑战，充分发挥自身力量，而且坚持不懈、持之以恒的那一面，而对他的另一面——不顾自然条件和客观事实，盲目逞强，一味蛮干，得不偿失，我们在今天是应该充分分析和予以扬弃的。也就是说，处理一件事，尊重客观现实，善于运用智慧，发挥智慧的力量，同样十分重要。所以，智叟的劝告并非完全没有意义。

《杞人忧天》这个寓言故事，也是列子写的：

> 有个小国家叫杞，那里有个人整天胡思乱想，忽然想到天随时可能崩塌下来，地也随时可能陷落下去，这样一来，他连安身的地方也没有了。于是，他越想越害怕，每天忧心忡忡，茶饭不进，睡眠不安。
>
> 有个热心人听说此事，暗暗好笑，跑来开导这个杞国人说："天不过是一团积聚的气体，到处都是气，人运动呼吸也是在这气流当中，怎么可能崩塌下来呢？"
>
> 杞国人将信将疑地说："就算天是积气，可是难道太阳、月亮和星星不会掉下来吗？"
>
> "不会，不会！"那人回答，"日月星宿也不过是一团团会发光的气体，就是掉下来打着头，也不会伤人。"
>
> 杞国人还不放心，又问："那么地陷下去怎么办呢？"
>
> 热心人忙又回答："地不过是堆积起来的土块罢了，到处都是这样的土地，它怎么会陷落下去呢？"
>
> 杞人听罢，豁然开朗，心头像放下千斤重担。那个热心人也很高兴。

生活中总是有这样一些喜欢自寻烦恼，使自己陷入虚幻和假设的忧虑之中的人。这是很可笑的。遇到这种情况，我们不妨像故事里那个热心人所劝告的那样，多分析一下各种事物间的联系，找出原因，解开自己的心结。否则，只能像"杞人忧天"一样，白白地背上沉重的、烦恼的包袱，使精神颓靡不振，甚至陷入无望之中不能自拔。

《铁杵磨针》同样是一则家喻户晓的励志寓言：

> 诗人李白小时候很贪玩，不爱读书，不求上进。有一天，他读书读到一半，心烦意乱，又打呵欠，又伸懒腰。看看屋里没人，他就悄悄溜出门去，跑到小河边捉蜻蜓。
>
> 走啊，走啊，他看见小河边上蹲着一个老婆婆，手里拿着一根铁棒，在石头上一个劲儿地磨呀磨呀。
>
> 李白挺纳闷，走上前问："老婆婆，你在干什么？"老婆婆回答："磨针。"
>
> "真的？"李白很吃惊，"这么大一根铁棒，怎能磨成针呢？"老婆婆笑呵呵地说："小孩子，铁棒总是越磨越细，只要我下定决心，天天磨，还怕磨不成针吗？"
>
> 李白听了，若有所悟，连忙转身跑回家，翻开书本，一遍又一遍地读起来。从此，他再也不贪玩，不怕苦，发愤学习。后来，李白成了中国历史上一位伟大的诗人。

这则寓言的道理已经十分明白了：只要肯下功夫，铁杵都可以磨成针！也就是我们常说的"天才出自勤奋"。

四

《孟子》是战国中期的思想家、哲学家孟轲的言论和故事汇编，里面也有许多精彩的寓言故事。

例如《拔苗助长》：

> 宋国有一个农民，总是嫌自己的秧苗长得太慢。
>
> 有一天，他下田去把秧苗一棵一棵拔高。回到家里，他疲劳不堪地说："今天可把我累坏了，我叫禾苗长高了好几寸。"
>
> 他的儿子赶快跑到田边一看，禾苗全都枯槁了。

这是中国古代寓言中最有影响的、家喻户晓的作品之一。宋国的这个农民想使秧苗长得快一些，他的愿望无可厚非，但他的做法却违背了事物的客观规律（即秧苗生长的规律），结果是"欲速则不达"，只能把事情弄得更糟。这则寓言在中国自古以来的儿童教育方面被广泛地借鉴和汲取着里面的教训。

五

《庄子》是战国中期思想家、哲学家庄周写的一本言行和故事集。全书风格幽默诙谐，富有博大的想象力和浪漫色彩。其中有许多寓言杰作。

我们来看《东施效颦》这个故事：

> 西施是越国有名的美女。她患有心痛的毛病，病时总是用手按住胸口，紧紧地皱着眉头。人家看到她这副病态，觉得比平日另有一种妩媚的风姿，显得可爱。
>
> 邻居有一位东施，虽然奇丑无比，却不甘示弱，她照样模仿西施的病态：用手按住胸口，紧紧地皱着眉头，就自以为同西施一样的美丽。
>
> 可是看见东施这副怪模样的人，几乎没有一个不作呕的。

《东施效颦》的故事，几千年来一直被人们传播和议论着，原因是像东施这样不管自身条件如何，喜欢生搬硬套地模仿他人，结果弄巧成拙、失掉自我的人，直到今天仍然屡见不鲜。其实每个人都有自己的独到之美，都有自己的长处和优点，不应一味地去模仿他人。

《邯郸学步》这则寓言也出自庄子笔下：

> 燕国寿陵这个地方的人，走路的样子八字朝外，摇摆蹒跚，十分难看。当地有个土生土长的小伙子听说赵国邯郸人走路的姿态相当优美，就跋山涉水前去学习。
>
> 小伙子风尘仆仆来到赵国首都邯郸。果然，只见繁华的大街上，人人走路的姿势都十分优雅，一抬手一举足，都显示着高贵的风度。小伙子自惭形秽，连忙跟着行人模仿起来。
>
> 学了几天，越走越别扭。小伙子想：一定是因为自己的恶习太深了，不彻底抛弃自己的老步法，肯定学不好新姿势。于是，这位小伙子从头学起，每迈出一步都要仔细推敲下一步的动作，一摆手，一扭腰都要认真计算尺寸。他虽然废寝忘食地学，还是没有学会邯郸人走路的姿势，反而把自己原来的走路样子也忘了个精光。当他要回燕国的时候，手足无措，只好在地上爬着回去。

这则寓言和《东施效颦》的故事有异曲同工之妙。

东施生搬硬套、盲目模仿，结果失掉了自我，只学到了人家的病态表情；到邯郸去学走路的小伙子，也是不加分析，亦步亦趋，生搬硬套，结果不仅没有学会人家走路的样子，连自己走路的本领都"学"没了。这样的学习方法当然是十分可笑的。所以，

* 战国中期思想家、哲学家庄周著作《庄子》，中华书局 2007 年出版，孙通海译注。

根据自身的条件，实事求是地取人之长、补己之短，才是最重要的。一味地模仿与学习他人，只会使自己变得更加盲目和无所适从。

《斥鷃笑鹏》是庄子寓言里富有想象和浪漫色彩的一篇寓言：

> 古时候有一种大鸟，名叫鹏。鹏鸟奇大无比，它的脊背好似巍峨的泰山，它展开双翅，宛如遮天的乌云。每当六月间旋风刮来，鹏便借着风势，舒展双翼，乘风直上九万里，然后背负青天，直飞向南，最后在南方的大海上降落。
>
> 有一只生活在草丛间的小鹦雀抬头看见鹏掠天而来，便叽叽喳喳笑着说："瞧这个笨重的家伙，没有大风就飞不起来，多么可笑！我虽然跳不到一尺，飞不过数

丈，可是爱跳就跳，爱飞就飞，在麻蓬刺棵里钻进钻出多么自在。可它呢，要飞到哪里去啊？"

大鹏展翅，吓倒了蓬蒿间的小雀。这则寓言一方面讽刺了惯于在草丛刺棵间蹦蹦跳跳的斥鷃的目光短浅与自我眷恋，另一方面也阐明了一个伟大的哲学道理：世界上任何事物的存在与发展，都有其自身所依赖的条件和规律。世界上没有绝对自由的东西。所谓"自由"，就是对世界、环境、客观规律的充分认识和利用，就像大鹏展翅高飞，必须借助旋风一样。蓬蒿间的小雀以为凭自己的意志可以任意蹦跳、主宰一切的想法，当然是可笑、可悲的。我们不可不谨记：贪恋安逸的生活肯定是会失去伟大的理想的。

六

战国末期，有一位思想家名叫韩非，他写的一本书名为《韩非子》，里面有许多民间传说故事和寓言故事。《自相矛盾》是其中最有名的寓言故事之一：

＊战国末期思想家韩非著作《韩非子》，中华书局 2007 年出版，陈秉才译注。

楚国有一个兼卖矛和盾的商人。

一天，他带着这两样货色到街上叫卖，先举起盾牌向人吹嘘说："我这盾牌呀，再坚固没有了，无论怎样锋利的矛枪也刺不穿它。"停一会儿，又举起他的矛枪向人夸耀说："我这矛枪呀，再锋利没有了，无论怎样坚固的盾牌，它都刺得穿。"

旁边的人听了，不禁发笑，就问他："照这样说，就用你的矛枪来刺你的盾牌。结果会怎样呢？"

这个商人窘得答不出话来了。

《自相矛盾》的故事，几乎人人耳熟能详。"矛盾"这个词语也是由这则寓言故事演化出来的。客观世界中当然存在着种种矛盾，但这个故事所要讽刺的却是那种缺乏诚信、前言后语互相抵触，无法自圆其说的人。它告诫我们不仅要善于解决人生中的种种矛盾，更要避免自己制造矛盾，要做一个诚实有信、心口如一的人。

这篇耳熟能详的寓言故事也被收入小学语文课本。

《韩非子》里还有一篇《守株待兔》，也是今天的人们十分熟悉的寓言故事：

> 宋国有个农民，有一天在田里耕作，看见一只兔子飞奔过去，正好撞上了田边一根树桩，把颈儿折断死了。那个农民没有费丝毫气力，把兔子拾了，高兴地回到家里。
>
> 从这以后，这个农民就不想再干活了，他一心一意只想得到现成的兔子。于是，他放下了锄头，每天坐在树桩旁边，老是等待着。他的田荒芜了，可是再也看不见第二只兔子来碰树桩了。他的痴心妄想，被人当作笑话，传遍了宋国。

生活中有一些现象和事情的发生，完全是出于一种偶然的巧合，绝不可能经常重复发生。因为这些现象和事情并没有一种必然的因果联系，也不受任何因果联系的支配。像偶然拾到了一只撞死在树桩上的兔子的这个宋国人，竟然把以后所有的希望和期待都寄托在这种偶然发生和碰巧遇到的事件上，当然只能得到人们的嘲笑。请记住：放弃自己的主观努力，把希望和期待寄托在偶然的巧合和运气上，就算你在树桩旁坐一辈子，也不会得到第二只兔子的。

七

《吕氏春秋》这本书，是战国末期秦国人吕不韦召集他的宾客和学生们写的一部文集，里面有些故事是精彩的寓言。

例如《掩耳盗铃》的故事：

> 范家有一口大钟。有人想把这钟偷回家去。可钟是用上等青铜铸成的，又大又重，所以要偷它是很不方便的。这个想偷钟的人也很懂得这点，于是他想出一个办法来：把钟敲碎，再分别搬回家。
>
> 小偷找来一把大锤子，拼命朝钟砸去，"咣"的一声巨响，把他吓了一大跳。小偷心想这下糟了，这不就等于告诉人们自己正在这里偷钟吗？他心里一急，身子一下子扑到了钟上，张开双臂想捂住钟声，可又怎么捂得住呢？钟声依然悠悠地传向远方。
>
> 他越听越害怕，不由自主地抽回双手，使劲捂住自己的耳朵，竟发现钟声变小了。小偷高兴起来："妙极了！把耳朵捂住不就听不见钟声了吗？"他立刻找来两个布团，把耳朵塞住，心想，这下谁也听不见钟声了。于是

* 战国末期思想家吕不韦著作《吕氏春秋》，中华书局2007年出版，张双棣、张万彬、殷国光、陈涛译注。

就放手砸起钟来，一下一下，钟声响亮地传到很远的地方。人们听到钟声蜂拥而至，把小偷捉住了。

生活中确实有这样一些自以为聪明的人，他们以为只要自己感觉不存在，那么世界上也就不会存在。殊不知，只要是客观存在的东西，不论你是掩起双耳还是闭上双眼，它们都不会因此而沉默或消失的。

这说明，真实地面对自己和世界是多么重要，自欺欺人又是多么的愚蠢。

《刻舟求剑》的故事也出自《吕氏春秋》：

楚国有个人坐船渡江，一不小心，把挂在腰上的剑落到江里去了。

那人急忙在船边落下剑的地方，刻划出一个记号。

同船的人觉得诧异，就问他："你刻这记号，有什么用处呀？"

他回答说："啊，用处大得很哩。我的剑就是从船边这个地方滑下水去的。"

不久，船靠岸了，那人便从那个刻有记号的地方跳下水，到处捞将起来。

殊不知，船是在行走的，而剑是不会跟着移动的，在船边刻个记号去求剑，岂不是很愚蠢吗？

不用说，刻舟求剑的这个人早已沦为人们的笑柄。但是，如果仔细想想，我们的生活中其实还有不少类似的人，例如，有时候不去分析和考虑客观事物在不断地变化，仍然抱守陈旧的成见，甚至迷信已经过时的经验与公式，不思变革，更不与时俱进，其结果也无异于刻舟求剑，甚至比刻舟求剑的那个人更加愚昧可笑呢！

阅读书目推荐

《中国古代寓言选》，陈蒲清、汤可敬、曹日升、蒋天桂选编，湖南教育出版社
《先秦寓言选译》，沈起炜选译，上海古籍出版社
《百年中国寓言精华》，葛成主编，大象出版社
《中国哲理寓言》，严北溟、严捷著，新世界出版社
《中国古代寓言故事》，邶笪钟编写，人民文学出版社
《寓言选（增订本）》，上海教育出版社编，上海教育出版社

山谷的回声和小溪流的歌

一

严文井（1915—2005）先生是中国现当代著名的童话家和寓言家。他的童话名作《小溪流的歌》《"下次开船"港》《四季的风》《三只骄傲的小猫》《丁丁的一次奇怪旅行》《南南和胡子伯伯》等，寓言名作《习惯》《回声的结局》等，许多小读者都读过。

这些童话和寓言故事，文字浅显，风格明快，充满单纯和快乐的童趣，也不乏幽默和智慧的游戏精神。就像童话家笔下那条乐观、自信、永不言败、勇往直前的"小溪流"一样，他的童话故事里，也充满了阳光、乐观、高尚和智慧的底色。

而在这些优美的童话故事背后，也总是隐藏着丰富的生活趣味和人生哲理，可以引导小读者去感悟，去思考，引领小读者脱离低级、庸俗和狭隘的趣味，走向高尚、开阔和健康的成长道路。

这也是严文井的童话和寓言故事的一个特点：<u>童话里蕴藏着寓言的哲理，寓言里又充满了童话的想象和曲折的故事</u>。因此，我们有时候就很难把他笔下的故事严格地区分开来，哪些是童话，哪些又是寓言。就连他的名作《小溪流的歌》，有时候被当作一篇童话名作，而有的读者则认为这是一篇优美的寓言

有些作家会利用不同文体之间的共性，创作出兼具多种文体特点的作品，如寓言诗、童话寓言等。

杰作。也许,严文井先生自己也没有办法把它们区分开来吧,所以,他把自己的书就取名为《严文井童话寓言集》。

这堂寓言读写课,我们就来欣赏严文井先生的几篇寓言名作。

二

先来看这篇《习惯》。我们知道,习惯的力量总是巨大的,一个人是否能够拥有真正的幸福和成功,并非取决于天性,而是取决于习惯。所以,大哲学家查·艾·霍尔说:"有什么样的思想,就有什么样的行为;有什么样的行为,就有什么样的习惯;有什么样的习惯,就有什么样的性格;有什么样的性格,就有什么样的命运。"

我们来看看严文井先生是怎么看待"习惯"的:

> 有一天,一头猪到马厩里去看望他的好朋友老马,并且准备留在那里过夜。
>
> 天黑了,该睡觉了,猪钻进了一个草堆,躺得舒舒

＊我国现当代童话家、寓言家严文井先生

服服的。但是，过了好久，马还站在那儿不动。猪问马为什么还不睡。马回答说，他这样站着就算已经开始睡觉了。猪觉得很奇怪，就说："站着怎么睡觉呢？这样是一点也不安逸的。"

马回答说："安逸，这是你的习惯。作为马，我们习惯的就是奔驰。所以，就是在睡觉的时候，我们也随时准备奔驰。"

这篇寓言写得真是简洁而有力！它除了让我们认识到了每个人的习惯有所不同，同时，也让我们明白了另一个真理：用猪的逻辑去询问马，那是对马的无知和侮辱。

拥有一些好的习惯，比拥有金钱、财富更重要。然而，坏习

《严文井童话寓言集》，人民文学出版社 1982 年出版，严文井著。

惯也是在不知不觉中逐渐形成的，就像小溪汇成河流一样。也就是说，有坏习惯的人总是对有好习惯的人感到奇怪。难道不是吗？

再来看《会摇尾巴的狼》这篇寓言。这个故事讲的是：有一只狼掉到陷阱里去了，怎么跳也跳不出来。后来，有一只老山羊走了过来，狼连忙向老山羊打招呼："好朋友！为了友情的缘故，帮帮忙吧！"老山羊就问："你是谁？为什么跑到猎人安下的陷阱里去了？"狼装出一副又老实又可怜的模样，说："我，你不认识吗？一只又忠诚又驯良的狗啊，为了援救一只掉到陷阱里的小鸡，我不顾一切，牺牲自己，一下跳了进来，就再也出不去了。唉！可怜可怜我这只善良的老狗吧！"

狼为了证明自己的话，还拖着那条硬尾巴来摇了几下，把陷阱里的一些土块都敲打下来了。

老山羊犹豫不决,又心怀警惕,就往后退了好几步,说:"不成,我得考虑考虑。"

寓言里接着写道:

> 这时候,狼忍耐不住了,突然爆发起来。他咧开嘴,露着牙齿,对老山羊咆哮:"你这老家伙!不快一点过来,你要干吗?"
>
> 老山羊冷静地看了他一眼,慢吞吞地回答说:"什么也不干。因为你是狼。我看见你的尖牙齿了。去年冬天你咬我一口,差点没把我咬死。我一辈子也忘不了。你再会摇尾巴也骗不了我了,再见吧!"

这是一则给新中国数代孩子留下了深刻记忆的寓言。狼就是把自己伪装得再隐秘,也总会不知不觉地露出凶恶的嘴脸的,因为它的本质就是要咬人、吃人。

这个故事也使人联想到中国古代那个《东郭先生和狼》的故事。生活中也有这样一些恶人,当他们失意、失手的时候,会像狼一样装出很可怜的样子,向你不停地"摇着尾巴",祈求同情和帮助。可是一旦占了上风,他们凶残的本性就会重新暴露出来。

《回声的结局》也是严文井先生的一篇寓言杰作,写得十分优美,带有童话的幻想色彩,同时又那么富有哲理意味:

> 在山谷里,只要有一个声音,就会产生一个同样的回声。有多少声音,就会有多少同样的回声。

回声是相当固执、相当自负的,他自认为比产生他的声音强。有一天,他竟然提出要跟声音比赛谁最有能耐和口才。

声音说:"比就要比创造性。"

回声立即跟着说:"比就要比创造性。"

声音说:"但是你只会重复。"

回声毫不相让:"但是你只会重复。"

声音说:"你应该学会谦虚一点。"

回声毫不犹豫地回敬一句:"你应该学会谦虚一点。"

总之,只要声音说一句,回声也照样说一句,顽固地顶了回去。

这场比赛,单调地进行了很久,看来是得不到一个结果了。

后来,声音有些激动了,就说:"我不跟你争吵了。"

回声也生气地重复着:"我不跟你争吵了。"

声音忍耐了一下,真的就不响了。

回声还想接着顶一句什么话。但是这一下糟了,他什么也说不出来了。

从今以后,假如声音能坚持下去,永远不再开口,回声也就没办法再进行什么比赛,再继续争辩自己的优越性。最后,他只好从世界上消失了。这就是回声所应该得到的结局。

回声本来就是依附于声音的,没有声音,也就没有回声。回声没有任何"创造"的才能,它最大的"能力"就是"重复"声音,却偏偏妄自尊大、逞强好胜!这真是毫无自知之明的举动了。《回声的结局》的教训,比回声的"生命"更长久。这篇寓言还告诉了我们一个真理:只有创造和创新,才有自己的个性,而一味地模仿,将是一无所成、一无所有的。

三

严文井先生为寓言家金江的《寓言百篇》写的那篇序言,名为《关于寓言的寓言》,是一篇献给寓言的赞美诗。他把寓言赞誉为"一个魔袋",袋子很小,却能从里面取出很多东西来;赞誉为"一座奇特的桥梁",通过它,可以从复杂走向简单,又可以从单纯走向丰富;赞誉为"一把钥匙",可以打开心灵之门,启发智慧,让思想活跃……从这些比喻里,可以想见严文井先生对寓言的喜爱。

他还说:"寓言是孩子们的好朋友。它长得又矮又小,说起话来却很逗。它虽然年纪很老,孩子们却把它看成是平等的伙伴。"

他还觉得，寓言是很"谦虚"的，当一个刊物邀请它去"做客"的时候，它总是等各种长篇大著——小说啦，童话啦，诗歌啦，都坐下之后，才找一个角落悄悄坐下……

在这里，他其实是在用这个说法，为寓言的地位，为人们有时候不太重视寓言而"打抱不平"呢！

阅读书目推荐

《严文井童话寓言集》，严文井著，人民文学出版社
《小溪流的歌》，严文井著，中国少年儿童出版社

智慧的花，
哲理的诗

一

　　金江先生是中国当代著名寓言作家，从事寓言创作大半个世纪。据说，他念小学五年级时，就在著名的《小朋友》杂志上发表过习作。1947年出版了第一本诗集《生命的画册》。

　　新中国成立后，他当过小学校长和中学教师，先后出版了《小鹰试飞》《乌鸦兄弟》《狐狸的"真理"》《老驴推磨》《寓言百篇》《白头翁的故事》《老虎伤风》《金江寓言选》等寓言集，还有童话集《小青蛙呱呱叫》等。他的《从岩缝里长出来的小草》等多篇寓言作品，被选进了中小学语文教材，有的还被改编成了动画影片。

　　他被称为"中国当代寓言的开篇人"。中国寓言文学研究会用他的名字设立的"金江寓言文学奖"，至今已举行了十多届了。

　　1997年，中国文学出版社还出版了《金江寓言选》的英文本和法文本，向世界介绍他的寓言作品。

　　这堂寓言读写课，我们就来阅读和欣赏金江先生的一些寓言名篇。

二

先来欣赏《骆驼和仙人掌》这则寓言：

茫茫无垠的沙漠。

骆驼像哲学家一样，一边踱着步子，一边沉思……

沙漠里，没有水，没有草，有时风沙漫天，难辨方向。骆驼总是坚韧不拔地向前走去，走去。

一天，骆驼在沙漠里发现了一棵仙人掌，惊异地停步问道："小东西啊，你怎么能够在这干燥的沙漠中生活？"

仙人掌笑着反问道："嘻！大块头啊，你怎么能在沙漠中行走？"

骆驼说："我嘛，因为我吃苦耐劳，经过长期的锻炼形成了适应沙漠生活的特殊习性和机能，所以我能在沙漠里行走。你呢？"

仙人掌说："我嘛，还不是同你一样，就因为经过长期的锻炼，养成了抗旱耐渴的习性，形成了适应沙漠生活的特殊机能，所以能在沙漠中生活。"

* 寓言集《乌鸦兄弟》，湖北少年儿童出版社2006年出版，金江著。该书入选"百年百部中国儿童文学经典书系"。

骆驼又奇怪地问："你为什么满身是刺？"

仙人掌矜持地回答："就因为我满身生刺，才不致被动物吃掉。刺是我的叶子，这样的叶子不会使身体里贮藏的水分蒸发掉，所以我在沙漠里不怕干旱，能够活下来。"

骆驼听了点点头，带着敬意绕过仙人掌，向前走去，伴着沉思：不错，凡是能在艰苦环境中生存下来的，都是经过无数次的磨炼，具有百折不挠、战胜一切的意志的。

温室里开不出耐寒的花卉。生活从来只相信汗水，而不相信眼泪。这个寓言的含义，已经很明白地说出来了：骆驼和仙人掌，之所以能在茫茫无垠、没有水草的大沙漠里生存下来，是因为它们都经过了无数次风沙、干旱的磨炼和考验，练就了顽强的生存毅力和能力，获得了百折不挠、战胜一切的意志和信念。

在生活中，我们每个人也应该从骆驼的坚忍和仙人掌的顽强中，去感悟、学习和获得生命的力量与信念。

三

再来看《乌鸦兄弟》这则寓言。故事讲的是：有一对乌鸦兄弟，同住在一个窠里。有一天，窠破了一个洞。大乌鸦想："老二会去修的。"小乌鸦想："老大会去修的。"结果呢，谁也没有去修。

后来，洞越来越大了。大乌鸦想："这一下老二一定会去修了，难道窠这样破了，它还能住吗？"小乌鸦也在想："这一下老大一定会去修了，难道窠这样破了，它还能住吗？"结果呢，又是谁也没有去修。

冬天来了，西北风呼呼地刮着，大雪纷纷飘落。乌鸦兄弟俩只好蜷缩在破窠里，哆嗦地叫着："冷啊！冷啊！"可是，仍然没有谁动手去修补破窠,两只乌鸦只好把身子蜷缩得更紧些。

寓言的结尾是:

风越刮越凶,雪越下越大。
结果,窠被风吹到地上,两只乌鸦都冻僵了。

这两只乌鸦,多像动画片里那三个没有水喝的小和尚!所不同的是,三个小和尚最终都明白了互相推诿责任、偷懒耍奸的结果,将是大家都没有水喝;而两只乌鸦却没有这么幸运,它们还没明白过来这个道理,就都冻僵了。

乌鸦兄弟带给我们的教训就是:只有团结互助,才能抵挡住一切寒冷的风雪,才有拥有温暖和幸福。

四

《一朵不结果的桃花》也是金江先生的一篇经典寓言:

春天，桃花盛开。

蜜蜂飞到花丛里，忙碌地采蜜授粉。

桃花都张开笑脸，欢迎蜜蜂的光临，并且把自己最好的花蜜送给蜜蜂，作为对他们授粉的酬谢。

只有一朵桃花，非常自私，舍不得给蜜蜂一点花蜜。当蜜蜂飞到她的花蕊中来时，她便大骂大叫：

"去，去，去！你们这些讨厌的家伙，别想从这儿得到一点好处！"同时拼命摇动花枝，把蜜蜂赶跑了。

后来，其他的桃花都结成了硕大的桃子，只有这朵桃花可怜地凋谢了，没有结果。

自私和吝啬不仅会失去朋友，也会毁掉自己。

这朵"不结果的桃花"，就像王尔德童话里那个自私的巨人，当他自私地把一座花园当成了个人的财产，不准任何小孩子进来游玩的时候，春天也就不愿走进他的花园了。自私和吝啬，都是人类性格中可怕的弱点。一个只为自己活着的人是渺小的；一颗自私的心，总是自己最先尝到痛苦和孤独的滋味。自私和吝啬，离爱心最远，当然也最难获得他人的爱和帮助。

五

再来看《小鹰试飞》的故事：

> 小鹰的羽毛渐渐丰满，第一次试飞，他非常高兴，也有些害怕，心跳得很厉害，头也有些发昏。
>
> 老鹰冷冷地嘲笑他，狠狠地批评他："呸！你这样跌跌撞撞的，也能叫作飞吗？翅膀既拍得无力，身体又不能保持平衡，忽高忽低，摇来晃去，成什么样子！真是失去了鹰的传统精神！"
>
> 小鹰被批评后，从此不敢大胆飞翔了。
>
> 这是一只健忘的老鹰，他把自己过去试飞的情况忘得干干净净；这也是一只愚蠢的老鹰，他不知道自己的批评已扼杀了鹰的传统精神。

这则寓言当然是对老鹰的做法提出了批评：老鹰忘记了自己原本也是像小鹰试飞那样，才练就了今日的本领，同时也用自己粗暴、专横的态度，扼杀了小鹰的一腔热情和高飞的希望——也就是鹰的"传统精神"。

不过，我在这里还想补充一句，"小鹰被批评后，从此不敢大胆飞翔了"，这其实是大可不必的。真正的鹰，不管遇到什么样的冷嘲热讽，不管在怎样粗暴的风雨面前，都应该展翅奋飞，决不畏缩，决不气馁。只有这样，它才能早日成为一只真正的雄鹰。这，才是鹰的"传统精神"。

六

《一根象牙》这则寓言篇幅很短，但是蕴含的哲理却是深刻的：

> 一根象牙，落在地上。
> 一个呆人走过，把象牙拾起来看了看，说："哼，我以为是什么东西，原来是根骨头！"
> 说完，他就随手把象牙扔了。
> 后来，一个雕刻家走过这里，他高兴地把象牙拾起拿回家，把它雕刻成了一件精致的艺术品。
> 同样的材料，可以成为艺术品，也可以被视为废物。

象牙放在哪里都会是象牙，正如金子放在哪里都会发光一样。然而，你是把象牙当成普通的骨头随手丢弃，还是把象牙精心地雕刻成一件美丽的艺术品，却是区别你是一个蠢人还是一个艺术家的重要标准。那么，请注意啦，你的周围是否有正被你随手扔掉的，或一直视之为普通骨头的"象牙"？比如一颗善良、勇敢、智慧的心灵？

金江先生的寓言，篇幅一般都很短小。他善于用一个个短小有趣的故事，反映社会生活和时代精神，以小见大，起到"滴水观海"的效果。而且他作品里蕴含着丰富的人生哲理，被赞誉为"智慧的花，哲理的诗，正义的剑"。

阅读书目推荐

《乌鸦兄弟》，金江著，湖北少年儿童出版社
《金江寓言选》，金江著，中国文学出版社

在沙漠中顽强
行进的骆驼

一

有一位学者，把寓言家黄瑞云先生比喻为一匹"在沙漠中顽强行进的骆驼"。黄瑞云自己也为坚强的骆驼写过这样一段赞美诗："走过了崎岖的道路，他伫立着，凝望寂静的荒原。他深知前路的艰难，但他决心坚持走下去，向着遥远的目标。"

这实际上就是寓言家黄瑞云先生自己的真实写照。他还这样说过："我这一生，就像在一个长长的山洞里行进，我不知道前面还多么遥远，但是，我的心中始终怀着看见亮光的希望，就是这些希望，让我坚持着走过这几十年人生苦旅。"

那么这堂读写课，我们就来阅读和欣赏黄瑞云先生的人生经历和他的经典寓言。

这是入选教材的篇目哟！　　先来看这篇《陶罐和铁罐》。这是黄瑞云先生早期的一篇寓言。讲的是一个国王的御厨房里有两只罐子：一只陶罐，一只铁罐。骄傲的铁罐看不起陶罐，常常奚落它。

"你敢碰我吗？陶罐子！"铁罐傲慢地问。"不敢，铁罐兄弟。"谦虚的陶罐回答说。"我就知道你不敢，懦弱的东西！"铁罐摆出一副轻蔑的神气。铁罐甚至还叫嚷说："你怎敢和我相提并论？你

※ 我国当代寓言家黄瑞云先生

等着吧，要不了几天，你就会破成碎片，完蛋了！我却永远在这里，什么也不害怕。"

随着时间不断地推移，世界上发生了许多事情，王朝覆灭了，宫殿倒塌了，两只罐子也被埋进了废墟里。

又过了不知多少年月，终于有一天，人们来到这里，掘开厚厚的堆积物，发现了那只陶罐。大家把陶罐捧起，把它身上的泥土刷掉，擦洗干净，发现陶罐依然朴素、美观，釉黑锃亮。

寓言里接着写道：

"一只多美的陶罐！"一个人说，"小心点，千万别把它弄破了，这是古代的东西，很有价值的。"

"谢谢你们！"陶罐兴奋地说，"我的兄弟铁罐就在我的旁边,请你们把它掘出来吧,它一定闷得够受了。"

人们立即动手,翻来覆去,把土都掘遍了。但,一点铁罐的影子也没有——它,不知在什么年代便氧化了。人们只发现几块锈蚀不堪的铁片,而且不能断定那是否是铁罐的残余。

——用自己的强项去比人家的弱点是不应该的,人家也会有比你强的地方。

这个寓言的含义,在结尾已经说得很明白了。像陶罐那样虚心和宽容地待人,是中华民族传统美德之一。铁罐的妄自尊大和骄傲自负,是一种致命的弱点,最终只能招致恶果。正如莎士比亚说过的那样:"一个骄傲的人,结果总是在骄傲里毁灭了自己。"

二

黄瑞云先生是寓言界公认的一位学识造诣深博、创作成就很大的寓言作家和寓言学家。他的寓言创作高峰虽然是在 20 世纪 80 年

*《黄瑞云寓言》，湖北人民出版社1981年出版，黄瑞云著。

代，但在90年代之后，他又继续出版了《黄瑞云寓言》《魔镜》《春天岛》等寓言集。

该书每隔几年都会增补一些新作。曾获得中国寓言研究会金骆驼奖创作一等奖、湖北省屈原文学奖。

说起这些寓言作品能够留传到今天，里面还有一段辛酸的故事。

"文化大革命"时期，像许多知识分子一样，黄瑞云不断地遭遇厄运，被视为"另类"，他的家也经常面临被查抄的危险。

为了防止这些寓言手稿被抄走，他先是将这些写在粗糙的纸张上的稿件保存在箱底，后来又担心被搜查出来，就费尽心机编排了一套密码，把这些文字译写成了只有他自己才能看懂的符号。

可是，在那个疯狂和荒唐的年代里，这种行为一旦被人发现，后果可能会更加糟糕。怎么办呢？他左思右想，决定让住在湖南乡下的三姐来保管这些文稿。

他三姐家住在深山里。他把寓言文稿用几层油纸包好,放在了三姐家屋顶上的瓦槽里,并嘱托三姐小心保存。幸运的是,这一部分寓言手稿,终于躲过了十年浩劫,得以保存了下来。这些写在特殊年代里的寓言手稿,直到20世纪80年代才终于重见天日,得以和广大读者见面。

　　这段故事,不能不让我们想到大寓言家伊索的命运:岁月的风尘掩盖不了寓言家们的正义感与智慧的魅力,愚昧、丑恶、残暴……也都无法使他们屈服。无论经历了怎样的黑暗和风雨,智慧的寓言总能像金子一样,像珍珠一样,放射出它们灼热的光芒!

三

　　我们再来欣赏黄瑞云先生另外的几篇经典寓言:

熊的逻辑

　　大熊和兔子为走路问题发生争执。

　　兔子说:"你走大路的正中,我走路的旁边,行吗?"

大熊说:"那不行,你不能约束我,难道只许我走正中,不许走旁边吗?"

"那你走路的旁边就是,"兔子说,"让我在路中间走。"

"你倒想得好,"大熊说,"你这点小东西,要在大路中间走,却妄想把我排挤到一边去,像话吗?"

"那你走大路,"兔子说,"我走小路,总该行吧?"

"谁说的,"大熊说,"你能规定我不走小路吗?"

"这样好了,"兔子说,"大路也好,小路也好,你走的时候我就不走,待你走过了以后我再走吧!"

"胡说!"大熊说,"难道我走过了就不能再走了?倒让你自由自在地走!"

这样缠来缠去,什么结果也没有,不管兔子怎么相让,大熊都不允许。

最后兔子问道:"为什么道路只许你走,我就不能走呢?"

"那是因为,"大熊说,"我不希望把你踩死!"

"那你注意点。不踩着我,不就好了吗?"兔子说。

"那怎么行,"大熊说,"不踩死你,你就会在我的道路上乱跑,我就知道你们是爱这样胡闹的。"

——熊的逻辑就是这个样子。人们必须注意,用兔子的办法是不能对付大熊的。

有一句俗语说,和傻子争论是非,本身就不聪明。这则寓言里的兔子,就犯了和傻子去争论是非的错误。熊的逻辑是蛮不讲理的。生活中也有这样一些喜欢胡搅蛮缠的人。对付他们的办法,千万不要像兔子那样多费口舌。我的建议是：不要理睬他们，走你自己的路，让他们的"逻辑"失去"听众"。

再来看《鹦鹉的诀窍》：

> 鹦鹉笼挂在公园的长廊里，鹦鹉向来往的游人不断地说着："先生，你好！""先生，你好！"没有人不在这儿停留赞赏，这只能言的灵鸟也就遐迩闻名。
>
> 布谷记者采访来了。它对鹦鹉说："阁下能言善道，在鸟界享有崇高的声誉。请您谈谈自己的体会。"
>
> 鹦鹉谦虚地说："实在没有什么好说的，我只不过是向所有的人问好。我发现，人都有这样的特点，你说他好他总是高兴的。"
>
> "您的体会很深刻，请进一步谈谈。"记者说。
>
> "说起来实在惭愧，"鹦鹉说，"尽管我说过那么多话，其实没有一句是真的。如果说真话，一定有好有不好，而不好的方面是没有人要听的。"
>
> 布谷记者大吃一惊，问道："难道您说的都是假话？"
>
> "那倒也不是，"鹦鹉说，"我没有吹嘘过自己，也没有欺骗过别人，因此也不能算是假话。"
>
> 这使布谷更加迷惑了，问道："您如此出名，然而您说的话既不真，也不假。那您究竟是怎样取得成功的呢？"
>
> "这很简单，"鹦鹉说，"说真话，有一些人会不喜欢；说假话嘛，自己于心不安。我成功的秘诀就在于，既不说真话，也不说假话，说的全都是废话。"

鹦鹉的生命哲学是"既不说真话，也不说假话，说的全都是废话"。这是一种典型的明哲保身式的市侩哲学。可以想见，这只鹦鹉一生的"功绩"与作为是等于零的。

圆滑和明哲保身的人生哲学，都是极不可取的。试想一下，假如全社会的人都像这只鹦鹉一样，只在乎自己生活得安稳，不管其他是非与真理，那么，整个社会就会陷入僵化。没有是非标准，一切都变成了皆大欢喜的东西。智慧陷入贫乏，想象变得呆滞，所有人都躺在无人质疑的温床上睡大觉，没有任何人再去追求真理和正义……这样的社会将是多么平庸和乏味！

而比圆滑者更可恶的，是那些"钻营者"：

钻营者

小蚊子问大蚊子："人们睡觉时用帐子围得严严的，怎样才能吸到他们的血呢？"

"那很容易，"大蚊子说，"你围着帐子上上下下地钻，总有空子可钻，只要舍得钻，总可以钻进去。"

它们围着帐子钻呀钻呀，真的一个一个钻进去了。它们叮在睡着了的人身上，称心如意地吸他的血。

早上，那人醒来，看到帐子里趴着两个拖着满袋子血的蚊子，立即起身拍打这两名入侵者。

现在，它们一点办法也没有，它们可以钻进来，却没法飞出去。"啪啪"两声，两只蚊子就沾在掌上了。

——钻营者大多如此，总是千方百计地钻进去，却很少想到后来可能出不来。

钻营、投机、溜须拍马、阿谀奉承……这些都是人性中的丑陋和卑鄙行为。善于从事这类小动作的人，大都怀着贪婪和自私的目的。一旦找到了目标，他们会想方设法"钻"进去，不择手段地达到自己丑恶的目的。这则寓言中的蚊子，就是善于钻营者的形象代表。它们的结局我们当然清楚地看到了。钻营者的结局是它们自己造成的：贪婪和自私，使它们只想到获取而忘记了退路。

黄瑞云的寓言作品寓意深长，构思精巧，思想深刻，语言典雅，既凝聚着作者对坎坷人生的深切感受，也包含着作者对生活的真知灼见和渊博学识，是作者智慧和才情的结晶。

有评论家分析认为，导致黄瑞云寓言思想含量厚重的因素无疑有很多，而"忧患意识"是其中的主要因素。这种忧患意识主要体现在三个方面：对国民精神痼疾的忧患，对政治败乱现象的忧患，对人类生存环境的忧患。黄瑞云先生的寓言正因为有这种强烈的忧患意识贯穿和注入，所以篇篇给人以沉重的感觉。

他的寓言对中国当代寓言创作产生了深刻的影响。有评论家甚至认为，即使把黄瑞云先生的寓言和世界一些寓言大师如拉封丹、克雷洛夫、莱辛等人的作品摆在一起，也毫不逊色。

阅读书目推荐

《黄瑞云寓言》，黄瑞云著，湖北人民出版社
《春天岛》，黄瑞云著，福建少年儿童出版社
《黄瑞云寓言集》，黄瑞云著，武汉大学出版社

点燃智慧的心灯

一

　　这堂寓言读写课，我们来认识一位笔名叫"凡夫"的寓言作家。

　　凡夫也是一位中国寓言创作领域里的领军人物。他的寓言作品集有《凡夫当代寓言》《100个动物寓言故事》《狐狸的神药》《黄鼠狼的名声》《摘掉金箍的孙悟空》《知识寓言故事》《凡夫当代寓言》等，作品曾获中国寓言研究会第一、二届金骆驼奖，第一、二届金江寓言文学奖。寓言集《古利特和罗西》还获得过冰心儿童图书奖。

　　《快乐》《狮子和蚂蚁》《云雀明白了》《苹果的香味儿》《小老鼠立志》等，许多小读者可能都读过，因为这些寓言曾被选入多地语文课本，有的被选作语文考试的阅读材料。

　　现在我们就来阅读和欣赏他的几篇寓言名作。

二

先来阅读一篇《蝉的新生》：

蝉的幼虫从他蛰居的土洞里爬出来，一身土黄色的硬壳紧紧地束缚着他娇小的躯体，有翅不能飞，有嘴不能唱，可怜巴巴的，只能默默地爬呀爬。

他笨拙地爬上一棵小树，六只足紧紧抓住一根细枝。一动也不动，仿佛一丸黄泥。

慢慢地，他的脊背上裂开一道缝儿，并逐渐增大、增大……露出一抹象牙般洁白的玉肌。蝉痛苦地战栗着，扭动着，挣扎着，似乎有一把钢刀在剥皮剔骨。

裂缝越来越大，痛苦愈来愈剧，那可恶的硬壳力图窒息他，但蝉咬紧牙关，顽强地扭动着，挣扎着……终于，他用尽力气从旧躯壳中抽出最后一只足。

啊，自由啦！蝉如释重负，伸伸躯体，抖抖双翅，一只漂亮的蝉出现在树枝上。

他高兴地飞起来，舒展歌喉，惊喜地发出第一声长鸣：知了！

* 我国当代寓言家凡夫先生

　　叫声惊醒了一只昏睡中的蜗牛，他从螺旋形的房子中探出头来："你知道了什么？"

　　"谁怕遭受摆脱旧的束缚时的痛苦，谁就不能获得新生！"

　　我们都知道，蝉的生命是神奇的：经过了数年黑暗的地层下的苦工，才能享受仅有一个月的阳光下的歌唱与欢乐。从它的幼虫出土，到脱壳放歌，其间的痛苦就是摆脱束缚的痛苦。它的生命秘密告诉了我们一个真理，也就是这个寓言所揭示的："谁怕遭受摆脱旧的束缚时的痛苦，谁就不能获得新生！"

　　这篇寓言会让我们联想到，一个社会也是这样：没有改革，不思进取，没有对陈旧体制的摆脱与抛弃，将同样没有生命与活力。

再来看《快乐》这篇寓言：

> 一群年轻人到处寻找快乐，但是，却遇到许多烦恼、忧愁和痛苦。
>
> 他们向老师苏格拉底询问："快乐到底在哪儿？"
>
> 苏格拉底说："你们还是先帮我造一条船吧！"
>
> 年轻人暂时把寻找快乐的事儿放到一边，找来造船的工具，用了七七四十九天，锯倒了一棵又高又大的树，挖空树心，造成了一条独木船。
>
> 独木船下水了，年轻人把老师请上船，一边合力荡桨，一边齐声唱起歌来。
>
> 苏格拉底问："孩子们，你们快乐吗？"
>
> 学生齐声回答："快乐极了！"
>
> 苏格拉底道："快乐就是这样，它往往在你为着一个明确的目标忙得无暇顾及其他的时候突然来访。"

在生活中，每个人都希望自己多一些快乐。但是，真正的快乐不是刻意去寻找或强迫自己快乐所能获得的，真正的快乐，在于脚踏实地地工作，在于凭着自己的劳动去完成哪怕是一件微小事情的过程之中。所以哲学家博罗说："什么时候我伏案埋头工作了，什么时候我就觉得快乐来到了。"

只有那些不专门去追求快乐的人，才有可能获得快乐。就像这则寓言里苏格拉底所说的，"快乐……往往在你为着一个明确的

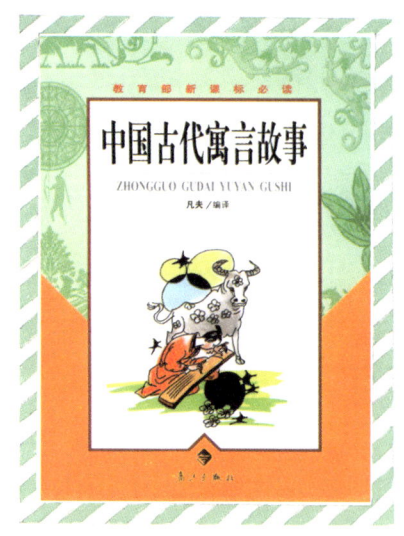

*《中国古代寓言故事》,漓江出版社2004年出版,凡夫编译。

目标忙得无暇顾及其他的时候突然来访"。快乐的人生,总是因为工作和劳动而感到充实。

《狐狸不再奉承》是一篇以《伊索寓言》中的《乌鸦和狐狸》的故事为母本创作的新寓言:

> 乌鸦又衔着一块肉在树枝上休息,一只狐狸来到树下。
>
> 乌鸦想,他肯定又是来奉承我的,这回我可不上他的当了,任凭他把好听的话说上十箩筐,我也不理他。
>
> 谁知,狐狸却开口大骂起来:"你这臭嘴婆娘,顶风臭十里!穿一身丧服,叫人看了就作呕!还有你那破嗓子,比驴叫还难听一百倍……"
>
> 乌鸦没料到狐狸会来这一手,听着听着,便气得浑

身打起战来。她刚开口回骂，肉从嘴里掉下来，狐狸叼着肉，一溜烟跑了。

乌鸦叹息道："看来，要保持清醒的头脑，抵御不了奉承不行，抵御不了谩骂也不行啊！"

这只乌鸦和这只狐狸，可是寓言里的明星搭档，它们在伊索寓言、拉封丹寓言和别的寓言家的作品里，都曾经一再有所表现。现在，它们又登场了。可谁知，乌鸦刚刚纠正了自己经验主义的错误，抵御了狐狸动听的奉承，却又立刻犯了激进主义的毛病，禁受不住狐狸不怀好意的谩骂，结果，还是上了狐狸的老当！

那么，请记住吧：奉承话和谩骂一样，都可能是对方让你失去理智，丧失警惕和清醒头脑的"秘密武器"。

三

凡夫的寓言大都充满着浓郁的生活气息，具有强烈的现实意义。这是与他热爱生活，对现实的热情关注和深沉思索密切相关的。

他的寓言不仅蕴含着深邃的哲理，而且都有现实的依据和鲜明强烈的针对性。他的儿童寓言寓教于乐，充满童趣和理趣，每一篇都像一根划燃的小小火柴，可以为我们点亮智慧的心灯。

凡夫的寓言中有一本系列故事《古利特和罗西》，收入七十多个寓言故事，以小兔古利特和小猫罗西为主角，讲述了一个个生动有趣又富有哲理的故事，被评论家誉为"一本真正意义上的儿童寓言"。还有一本《团结友善的乖乖兔》，也是用篇幅简短的道德寓言故事，引导小孩子正确对待学习和生活中的困难、挫折、骄傲、不良诱惑等问题，培养小孩子正义、友善、勇敢、勤劳、谦虚的美德。故事简单而有趣，语言浅显而准确，大多寓言的构思显示出作者真诚的人生经验与儿童文学写作的从容智慧。小读者阅读凡夫的寓言，可以先从这两本比较浅显的寓言集读起。

> 分级阅读，选择适合自己阅读水平的入门书籍才能事半功倍。

阅读书目推荐

《古利特和罗西》，凡夫著，湖北少年儿童出版社
《团结友善的乖乖兔》，凡夫著，二十一世纪出版社
《智慧心灯》，凡夫著，浙江少年儿童出版社
《中国当代寓言：忠告的价值》，凡夫主编，孙建江、余途副主编，浙江少年儿童出版社

小小的捕网

一

因为微博的影响，现在开始有了微童话、微诗歌、微故事……那么好吧，最后一堂寓言读写课，我们就来阅读和欣赏一种短小的微寓言。

需要说明的是，微寓言并不是因为有了微博才产生的。早在微博产生之前，已经有许多寓言家在写微寓言了。只不过，那时候不叫微寓言，而是叫微型寓言、一行寓言，在日本也叫一口寓言。

写过《自然记事》和《胡萝卜须》的法国作家儒勒·列那尔，有人称他是"小作家里的第一名"。他自己则说，世上有"好作家"和"大作家"之分。"大作家"总是少数的，那么，"让我们当个好作家吧"。他心目中的"好作家"，就有拉布吕耶尔、梅里美、法朗士等。他认为，"好作家"的特点之一，就是他们的作品语言精确而纯净、简洁而生动。

他举了个例子："有那么一个时刻，桃子熟了。稍早一点，稍晚一点，桃子都不那么好吃。趣味完美的人只喜欢熟得恰好的桃子和好的文笔。"对于作家的文笔，他挑剔到几乎成了一种"洁癖"。他尤其讨厌那种拖泥带水、矫揉造作、缠绵悱恻的长句。他要求的是精致、凝练，再精致、再凝练。毫无节制地运用形容词是他坚决抵制的。"我希望不再看到十个字以上的描写。"

《自然记事》里有一篇短文写蛇,短到只有两个法文词(两个音节),译成中文,则只需两个字:"太长"。

他还有一篇不足三百字的散文,题为《小树林》,他在给朋友的信上说道:"这二十五行文字,代表着一个星期的工作和十几张用废的纸。"谁知道,为了每一个词、每一句话的提炼和选择,他是下了多大的功夫!

《自然记事》里的第一篇,名为《形象的捕捉者》,写的是一位"形象的捕捉者"——其实就是作家自己,大清早就下了床,感到精神抖擞,心情舒适,身体轻快,轻快得像一件夏天的衣裳,他便走出家门。他一整天的工作,就是睁大了他的眼睛,把眼睛当作网,去捕捉千千万万美丽的形象。黄昏时分,他头脑里带着捕捉到的形象,回到屋里,熄了灯,在入睡以前,他久久地回味着这些形象以自娱。而且常常是,"一个形象摇曳着,又唤起另一个形象,新的形象不断来临……"

二

阅读学者、寓言家孙建江先生的寓言作品,我会不由得想到儒勒·列那尔对语言凝练、再凝练的要求,以及他笔下的"形象的捕捉者"。

我们来看看寓言家孙建江先生所捕捉到的形象,以及他是怎样用了简洁的语句来雕塑这些形象的:

> 看客与鹦鹉:到底是谁在嘲弄谁?
> 鳄鱼:我总是为那些被我吞食了的族类伤心地流泪。
> 强盗:我若不去抢,难道人家会把东西送上门来?
> 帆:我渴望风。
> 含羞草:非常抱歉,对于那些麻木了的人,我无能为力。
> 夜莺:要想歌声动听,诀窍在于别让人看到自己。

需要说明的是,上述引文中冒号前的"形象",就是寓言的标题,冒号后的文字,是寓言的正文。作者把它们统称为"微型寓言"或"微寓言"。

在这里，单用"形象的捕捉者"来概括作者的创作，似乎还不十分恰当。与列那尔所追求的简洁、洗练的风格相似的，还有一位英国散文家洛根·史密斯，他在他的《琐事集》和《再思录》里写过一句话："小鱼是甘美的。"这里的"小鱼"，当然不仅仅指"形象"而言，更意味着简洁文字里的思想——思想的小鱼。

我们可以把列那尔和史密斯的两句话合而为一，来概括孙建江先生的这些寓言：它们既是寓言家捕捉到的鲜活、生动的形象，更是寓言家以情感和智慧所网到的"思想的小鱼"——甘美的、银亮的、思想的小鱼。

捕捉的过程是无比艰辛的。20世纪80年代初，诗人艾青曾对画家黄永玉先生写的《力求严肃认真思考的札记》深表理解，并欣赏道："他思考得很随便，也思考得很苦，充分表现了他的幽默、机智……"

我觉得，孙建江是对黄永玉式的寓言，真正从文体的高度进行把握，从内容的最佳传递上进行最简练、最集中的篇幅把握的"继承者"。

下面我们再来欣赏一些微寓言：

浮萍：轻浮有什么不好？如不轻浮，我的地位能永远在上面吗？

味精：我郑重宣布：离了我任何东西都索然寡味！

雾：没有我，世界就一览无余了。

木偶：我所以惹人喜爱，是因为我没有头脑。

北极：居然存在黑夜？简直是胡说！

*《雨雨寓言集》，甘肃少年儿童出版社1991年出版，雨雨著。

  老鼠：要是没有白天就好了。
  鼓：沉默就意味着失败。
  麻雀：没有我们，世界就少了生机。

  它们是寓言，也是诗。
  它们是最短的哲理散文，是经验的晶体，是智慧的火花和珠玑。
  它们是形象的花朵，也是思想的果实，而且形象和思想结合得那么完美，仿佛桃子成熟到最好的那一时刻。

  孙建江先生以笔名"雨雨"发表寓言，出版过《美食家狩猎》《雨雨寓言集》《回声》《试金石》等寓言集，其中大多数是微寓言。它们就像一条条银亮的思想小鱼,在那里闪闪跳跳,自由游弋。而它们的后面,则是一位学者整个学术和思想的深海。

在我的书柜里,和《雨雨寓言集》摆在一起的,还有孙建江先生的另外几部纯学术著作集,如《童话艺术空间论》《文化的启蒙与传承:孙建江儿童文学文论》《二十世纪中国儿童文学导论》等。这些著作,是构成孙建江学术灵魂的"金字塔",在中国当代儿童文学理论和批评史上,自当有它们的地位和影响,这里可以不说了。

回到他的寓言上来,我在想,当我们考察大海的时候,也决不应该忽略那些甘美的小鱼。

阅读书目推荐

《美食家狩猎》,雨雨著,福建少年儿童出版社
《回声》,雨雨著,上海人民美术出版社
《试金石》,孙建江著,福建少年儿童出版社
《给孩子讲中国寓言:狼与羊》,孙建江著,春风文艺出版社

附 录

引子 寓言是一个"魔袋"

柯玉生主编	《365心灵成长寓言》	小学一年级以上推荐阅读
陈蒲清著	《寓言传》	家长或教师、学生推荐阅读
鲍延毅主编	《寓言辞典》	家长或教师、学生推荐阅读
季羡林译	《五卷书》	家长或教师、学生推荐阅读

站在屋顶上的鸟
从"小型火器"里喷射出的"火舌"
"我白天黑夜都在写啊写"
寓言女神对莱辛说过什么

| 〔德国〕莱辛著 | 《莱辛寓言》 | 小学三年级推荐阅读 |

一束寓言的金枝

〔俄罗斯〕克雷洛夫、赫姆尼采尔等著	《俄罗斯寓言百篇》	小学三年级以上推荐阅读
侯小芹编	《外国寓言故事精选》	小学三年级以上推荐阅读
〔意大利〕达·芬奇著	《达·芬奇寓言故事》	小学三年级以上推荐阅读
〔黎巴嫩〕纪伯伦著	《先知·沙与沫》	小学三年级以上推荐阅读
〔奥地利〕卡夫卡著	《卡夫卡寓言与格言》	小学三年级以上推荐阅读
〔奥地利〕卡夫卡著	寓言小说《变形记》	初中以上推荐阅读

中国先哲的智慧

陈蒲清、汤可敬、曹日升、蒋天桂选编	《中国古代寓言选》	小学三年级以上推荐阅读
沈起炜选译	《先秦寓言选译》	小学三年级以上推荐阅读
葛成主编	《百年中国寓言精华》	小学三年级以上推荐阅读
严北溟、严捷著	《中国哲理寓言》	小学三年级以上推荐阅读
邶笪钟编写	《中国古代寓言故事》	小学三年级以上推荐阅读
上海教育出版社编	《寓言选(增订本)》	小学三年级以上推荐阅读

山谷的回声和小溪流的歌

| 严文井著 | 《严文井童话寓言集》 | 小学三年级以上推荐阅读 |
| 严文井著 | 《小溪流的歌》 | 小学三年级以上推荐阅读 |

智慧的花,哲理的诗

| 金江著 | 《乌鸦兄弟》 | 小学三年级以上推荐阅读 |
| 金江著 | 《金江寓言选》 | 小学三年级以上推荐阅读 |

在沙漠中顽强行进的骆驼

黄瑞云著	《黄瑞云寓言》	小学三年级以上推荐阅读
黄瑞云著	《春天岛》	小学三年级以上推荐阅读
黄瑞云著	《黄瑞云寓言集》	小学三年级以上推荐阅读

点燃智慧的心灯

凡夫著	《古利特和罗西》	小学一年级以上推荐阅读
凡夫著	《团结友善的乖乖兔》	小学一年级以上推荐阅读
凡夫著	《智慧心灯》	小学三年级以上推荐阅读
凡夫主编	《中国当代寓言:忠告的价值》	小学三年级以上推荐阅读

小小的捕网

孙建江著	《给孩子讲中国寓言:狼与羊》	小学一年级以上推荐阅读
孙建江著	《试金石》	小学三年级以上推荐阅读
雨雨著	《美食家狩猎》	小学三年级以上推荐阅读
雨雨著	《回声》	小学三年级以上推荐阅读

寓言里的哲理 | **打开寓言的魔袋**

图书在版编目（CIP）数据

寓言里的哲理.打开寓言的魔袋/徐鲁著.— 北京：海豚出版社，2023.10
（少年读写课）
ISBN 978-7-5110-6564-3

Ⅰ.①寓… Ⅱ.①徐… Ⅲ.①儿童文学-寓言-文学欣赏-世界-少年读物 Ⅳ.①I106.8-49

中国国家版本馆 CIP 数据核字（2023）第 162482 号

少年读写课

寓言里的哲理：打开寓言的魔袋

徐鲁 / 著

出 版 人：王 磊

选题策划：李 朵　　　装帧设计：萝 卜
责任编辑：杨文建　　　内文设计：张 然
项目编辑：刘莎莎　　　法律顾问：中咨律师事务所　殷斌律师
美术编辑：沈秋阳　　　责任印制：于浩杰　蔡 丽
封面绘画：鞠青妤

出　　版：海豚出版社
地　　址：北京市西城区百万庄大街24号
邮　　编：100037
电　　话：010-88356856　010-88356858（销售）
　　　　　010-68996147（总编室）
印　　刷：小森印刷霸州有限公司
经　　销：全国新华书店及各大网络书店
开　　本：32开（880mm×1230mm）
印　　张：4
字　　数：86千
版　　次：2023年10月第1版 2023年10月第1次印刷
标准书号：ISBN 978-7-5110-6564-3
定　　价：35.00元

退换声明：若有印刷质量问题，请及时和销售部门（010-88356856）联系退换。